Una corona para tu entierro

tuen

Una corona para tu entierro

JAMES HADLEY
CHASE

EL PAIS
SERIE NEGRA

Título original: *Lady... here's your wreath*

Miguel Yuste, 40
28037 Madrid

Traducción: Aníbal Leal
Diseño de la colección: Manuel Estrada

ISBN: 84-96246-91-4
Depósito legal: B-29.721-2004
Impreso en España por Liberdúplex, S. L., Barcelona

1

Los muchachos que habían acudido para ver morir a Vessi estaban alineados frente al mostrador del bar. Procuraban aparentar valor, pero se notaba que tenían miedo.

Entré al bar precisamente cuando el licor comenzaba a hacerles efecto. Cuando me vieron, dejaron escapar un gruñido.

—Demonios, miren quién está aquí —gritó Barry—. El mimado de la fortuna en persona.

Barry Hughson era un buen muchacho, pero tenía demasiado serrín en el cerebro. Pedí un whisky de centeno y les dirigí una sonrisa.

—Hola, muchachos —dije, saludando con la mano—. Apuesto a que dentro de poco cantarán una canción muy diferente.

No les agradó mi observación, y se me aproximaron con aire de hombres fuertes. Hughson me tocó el pecho con el índice. Me molesta muchísimo que alguien me clave un dedo en el pecho. Pero Barry estaba un poco bebido, de modo que lo dejé pasar.

—Escucha, chico —dijo, girando los ojos para situar mi rostro—. Este asuntito es con invitación. No tienes nada que hacer aquí. De modo que pórtate bien... y ahueca el ala.

Bebí el whisky y extraje la tarjeta.

—Ustedes no son los únicos privilegiados —dije—. Así que tendrán que aguantarme.

Hackenschmidt, del *Globe,* se echó hacia atrás el sombrero.

—¿Cómo te las arreglas para salir siempre bien? —preguntó; su rostro parecía un asombrado queso de bola—. No tienes ningún empleo fijo, pero nunca te pierdes las primicias.

—Efectivamente —asentí—. Es doloroso, pero es así... Mejor temprano que tarde, como dijo la camarera al pasajero del avión.

Hughson llenó su vaso. Miró el reloj.

—Es a las doce y uno —dijo.

Hackenschmidt se apoderó de un puñado de pajitas para beber y las partió en dos pedazos; separó algunas y contó cuidadosamente el resto. Le miré reflexivamente.

—Me dejas fuera —dije, después de que terminara el recuento.

—¿Sí? —dijo—. Entiendo que no tienes nada que ver en esto.

Me acerqué al mostrador y retiré una pajita.

—Ponla con las demás —le dije, entregándosela.

Me miró, y le miré. Resolvió aceptar la pajita. Ciertos individuos se creen rudos, pero sólo son fanfarrones. Hackenschmidt era uno de ellos.

Una de las pajitas era mucho más corta que las restantes. El que sacara la pajita corta escucharía las últimas palabras de Vessi. Yo estaba dispuesto a cualquier cosa por ganar el sorteo.

Hughson sacó la primera pajita, pero no tuvo suerte. Esperé a que se me adelantaran otros tres; entonces hice un movimiento y los muchachos me dejaron paso. Sabía cuál era, de modo que la saque.

Los otros me rodearon, furibundos.

—A jugar limpio —dijo Hughson—. Ten cuidado con lo que haces.

—Diré todo lo que oiga —prometí—. No se preocupen.

Eran las once y veinte, el tiempo preciso para otro par de copas. Todos tomaban whisky como si los condenados fueran ellos.

Al salir del bar, nos apiñamos en tres coches que nos esperaban para llevarnos a la prisión. Hughson, Hackenschmidt y yo, junto a otros dos tipos, subimos al primer coche. Hughson conducía y yo me senté a su lado.

—¿Por qué ese interés, Nick? —preguntó Hughson, después de poner en marcha el automóvil.

Sonreí en la penumbra. Hughson era un pájaro de cuenta, pero era difícil que consiguiera sacarme nada.

—¿Por qué no? —le pregunté—. El asunto Vessi hizo mucho ruido, ¿no es así? Se me ocurrió que sería interesante presenciar la ejecución. Además, este sistema del gas es nuevo para mí.

Hughson desvió el coche y pasó un camión cargado hasta el tope.

—¿Te parece que vale la pena?

—Algo es algo —repliqué, encogiéndome de hombros.

—¿Crees que fue Vessi?

Sonreí de nuevo.

—¿Y tú?

Hughson reprimió un juramento.

—Escucha: si estás escondiendo algo, quiero saberlo. Muchas veces te he ayudado, y creo que...

—Déjate de tonterías —repliqué secamente—. ¿Cómo diablos puedo saber si lo hizo o no? El Jurado le declaró culpable, ¿no es verdad?

—No me interesa lo que dijo el Jurado. Te pregunto tu opinión.

—No tengo opiniones, hermano —repliqué—. Me limito a esperar que ocurra algo.

—Muy bien, muchacho inteligente —rezongó Hughson—. Espera a necesitar algo de mí.

Llegamos a la prisión a las once y cuarenta. Otros testigos esperaban ya a las puertas de la prisión. Todos parecían nerviosos, a la escasa luz del lugar, y se apartaron un poco cuando descendimos de los coches. Esperamos allí, en un grupo, hasta que a las once y cuarenta y cinco se abrieron las puertas.

Un par de guardias inspeccionaron nuestras tarjetas y nos hicieron un rápido cacheo. Desde la ejecución de Snyder, las autoridades temblaban ante la posibilidad de que alguien lograra contrabandear de nuevo una cámara fotográfica. Los muchachos sabían que era prácticamente imposible lograrlo, y los guardias sabían que estaban enterados, de modo que el cacheo fue un asunto de pura fórmula. Cuando pasamos las puertas exteriores, comenzamos a atravesar una serie de portones, cada uno de los cuales se cerraba a nuestra espalda, antes de que nos acercáramos al siguiente.

Marchábamos en fila india; creo que parecíamos un hermoso grupo de enterradores profesionales. Pasamos frente a los grandes bloques de celdas; nuestros pasos resonaban sobre el camino. Las celdas estaban oscuras y silenciosas. La casa de la muerte se levantaba en el extremo más alejado del inmenso patio de la prisión.

Dimos la vuelta en torno al furgón fúnebre, estacionado frente a la casa de la muerte. Algunos dirigieron una rápida ojeada al vehículo, pero casi inmediatamente desviaron la vista.

La casa de la muerte tenía dos entradas. Una conducía a un estrecho pasaje entre la cámara de la muerte y el muro del edificio. La otra llevaba a la pequeña celda donde se hallaba Vessi, a pocos metros de la entrada.

No había otras construcciones cerca de la casa de la muerte. Se erguía solitaria en un rincón del patio, donde los penados solían jugar a la pelota. Mientras atravesábamos el patio, el polvo del lugar se nos pegó a los zapatos, y lo llevamos con nosotros al interior del recinto.

Un guardia nos detuvo en la entrada.

—¿Quién es el individuo de las últimas palabras? —preguntó.

Salí de la fila y levanté el pulgar.

—Muy bien —dijo—. Espere aquí.

El resto del grupo entró al pasaje y se amontonó ante las ventanas de vidrio de la cámara de gas. Hughson pasó en último término.

—Cuida tus pasos —me dijo antes de entrar.

Aunque parezca extraño, no conseguí sonreír. El asunto me estaba atacando los nervios.

La cámara de gas era de forma octogonal, construida de acero y con ventanas en todos los costados. El estrecho pasaje donde se habían reunido los muchachos dejaba metro y medio de espacio entre la pared de la casa y la cámara propiamente dicha. Desde la cámara se elevaba una chimenea de acero, que atravesaba el techo, con el fin de arrojar al exterior los vapores venenosos, una vez concluida la ejecución.

Donde yo estaba había un poco más de espacio. Contemplé la cámara. Tenía menos de dos metros de ancho, y sólo la ocupaba una silla de acero, provista de abrazaderas. Los *huevos* de cianuro colgaban del asiento de la silla. No me gustó el aspecto del lugar. Me daban escalofríos sólo de pensar que pudiera ser el ocupante de la cámara.

Desde mi lugar podía ver, a través de las ventanas de la cámara, a los muchachos apiñados en el pasaje. Agitaron las manos a modo de saludo, y les contesté de la misma forma. A decir verdad, parecían una familia de monos en una jaula del zoológico.

Había venido a ver a Vessi, de modo que bien podía echarle una ojeada. Estaba en su celda, fumando un cigarrillo. Con excepción de los calzoncillos, estaba completamente desnudo. Dirigí los ojos al guardián.

—¿Qué significa esto?... ¿Por qué está desnudo?

—Siempre los desnudamos. El gas se pega a las ropas, y es difícil sacarlos de la cámara.

—Supongo que habrá gran demanda de invitaciones el día que ejecuten a una dama.

El guardián hizo una mueca. Creo que tampoco se sentía muy cómodo.

—Sí —replicó—. Pero esa vez ustedes no entrarán.

Vessi era un sujeto corpulento, de rostro ancho y obstinado. Me pareció que se estaba portando muy bien, sobre todo si se tiene en cuenta lo que le esperaba. Tenía los ojos vidriosos, y parecía sombrío, pero no le dominaba el pánico.

El capellán, un individuo bajo y grueso, de aspecto preocupado, sentado sobre una silla, la cabeza baja, entonaba una plegaria. Vessi le miraba de cuando en cuando y se mojaba los labios. Era evidente que deseaba que el capellán terminara de una vez con sus rezos.

Sentí un repentino estremecimiento, como si hubiera bajado la temperatura. Pero no había tal. Estaba sudando. El alcaide apareció caminando rápidamente por el pasaje. Su rostro tenía una palidez verdosa, y no me miró. Sólo dijo «Muy bien» al guardián.

Abrieron la puerta que conducía a la celda. Vessi se puso tenso y clavó los ojos en mí. No me agradaba encontrarme con los ojos de aquel hombre, pero pensé que lo mejor era darle un poco de ánimo. Le hice un guiño. Era estúpido, pero yo sentía que debía mostrarle de algún modo mi solidaridad.

El guardián le tocó el hombro y Vessi se puso en pie. Parecía más seguro que yo.

El capellán seguía entonando sus salmos. Me imaginaba cómo se sentiría Vessi al oírlos. Yo mismo tuve que hacer un esfuerzo para contenerme. Aquellas plegarias no conducían a ninguna parte.

Vessi salió de la celda. Le esposaron, y empezó a mover nerviosamente las muñecas aferradas por las esposas.

El alcaide leyó la sentencia de muerte con voz sombría y maquinal. Pude ver una gota de sudor que le corría detrás de la oreja. Cuando concluyó, formuló la pregunta de ritual:

—¿Cuáles son sus últimas palabras?

Era el momento que yo estaba esperando. Me adelanté, acercándome a Vessi. Por el rabillo del ojo alcanzaba a distinguir a los muchachos, que se apretaban contra las ventanillas de vidrios, vigilando atentamente todos mis movimientos. Vessi me miró a los ojos.

—Se equivocaron de hombre —dijo, con voz no del todo segura—. Yo no lo hice.

Los guardianes se cerraron sobre él, pero Vessi se puso repentinamente rígido. Continuó mirándome.

—Investigue, Mason —dijo en voz baja—. Lu Spencer es el hombre. Agárrelo...; fue Lu..., ¿me oye?

Los guardianes se apoderaron de Vessi y le arrastraron hasta la cámara. Redacté una nota para complacer a los muchachos, pero no mencioné la última parte.

Sentaron a Vessi sobre la silla de acero, con los *huevos* de cianuro debajo. Le ajustaron las abrazaderas. Mientras hacían estos preparativos —que llevaron unos cuarenta y cinco segundos— mantenía los ojos clavados en mi rostro. Le hice un gesto de asentimiento, procurando que comprendiera que pensaba hacer algo al respecto. Advirtió que había atraído mi atención, y aflojó los músculos sobre la silla.

Un guardián trajo un tambor de ácido sulfúrico y lo derramó en un depósito colocado precisamente debajo de la silla..., y de los *huevos* de cianuro. El alcaide inspeccionó las ligaduras —una alrededor del pecho, dos en cada brazo y una en cada pierna—. Puso una mano sobre el hombro de Vessi.

—Será una cosa rápida, muchacho —dijo—. Respire hondo...; ni se dará cuenta.

Dicho esto, salió de la cámara.

Vessi se quedó solo.

El guardián cerró la pesada puerta de acero y ajustó los cerrojos. El alcaide y yo estábamos mirando por la ventanita al lado de la puerta. Debíamos esperar diez segundos, que nos parecieron diez años. El corazón me latía apresuradamente.

Vessi volvió con lentitud la cabeza, contemplando los rostros que le miraban. Estaba empezando a comprender lo que le esperaba.

El alcaide tenía los ojos fijos en el reloj. Extendió un brazo y colocó su mano sobre la palanca que provocaba el descenso del cianuro en el ácido sulfúrico. Comprendí que le costaba decidirse a mover esa palanca, y me alegré de no estar en su lugar. No me era posible seguir mirando a Vessi. Descubrí que mi vista no se apartaba de la mano del alcaide. Los músculos del funcionario se endurecían gradualmente. Luego, con un suspiro contenido, bajó la palanca. El cianuro cayó en el depósito de ácido, con un ruido que se oyó claramente. Vessi lo oyó también, y se puso rígido. Un gas blanco comenzó a ascender desde el depósito. Los músculos de los brazos de Vessi se hincharon repentinamente bajo las ligaduras.

El gas ascendió rápidamente. Me pareció oler almendras amargas..., pero comprendí que era pura ilusión. Mi imaginación me estaba jugando una mala pasada.

Vessi olió el gas. Echó atrás la cabeza, forcejeando para escapar a los vapores. No podía desprenderse de la silla de acero. Comprendí que estaba conteniendo la respiración. Estaba empeorando el trance. Finalmente, no pudo aguantar más y jadeó. Absorbió una buena dosis de gas. Gritó de pronto:

—¡No! ¡No!

El sonido de su grito resonó en la cámara y llegó a nosotros apagado y extraño.

Descubrí que había aferrado al cerrojo de acero de la puerta. El espectáculo me producía náuseas.

Vessi tosió, jadeó y luchó contra las ligaduras. Hubiera deseado tener un revólver para acabarlo allí mismo.

El médico, que estaba a mi lado, seguía con los ojos la marcha de las agujas de un cronómetro. Treinta segundos..., treinta y cinco... Vessi seguía tosiendo y jadeando. Cuarenta y cinco segundos, y la cabeza cayó hacia atrás. El médico garabateó la hora en una hoja. Vessi parecía inconsciente.

Había dejado de toser. Los vapores llenaban la cámara. Despacio, muy despacio, la cabeza se inclinó hacia delante. Gradualmente cayó entre los hombros, y los largos y negros cabellos le cubrieron los ojos. Pude advertir que aún tenía contraídos los músculos del estómago. Habían pasado tres minutos. Con un ligero estremecimiento, irguió unos centímetros la cabeza.

—Está muerto —dijo el médico, en voz baja y cansada.

Me aparté de la ventanilla. Hughson se me acercó corriendo desde el costado opuesto de la cámara, seguido de la turba. Todos parecían nerviosos y un poco descompuestos. Así estaba yo también. Vessi había tardado más de cuatro minutos en morir.

—¿Qué dijo? —preguntó Hughson.

Me encogí de hombros.

—Dijo: «Se equivocaron de individuo. Yo no lo hice».

—¿Sí? —comentó burlonamente Hackenschmidt—. Todo el proceso estuvo repitiendo eso mismo.

Hughson me miraba suspicazmente.

—¿Nada más?

—No...; sólo eso.

Dieron media vuelta y comenzaron a salir. Empezó la búsqueda de teléfonos y la carrera a la oficina del telégrafo. Dejé que los demás se adelantaran, y entonces me dispuse a partir.

El alcaide me tocó el brazo. Trató de dar a sus palabras un tono casual.

—Yo no le daría demasiada importancia al asunto Spencer —dijo.

Me detuve y le miré, pero su rostro era inescrutable.

—¿Usted cree? —pregunté con aire ingenuo.

—Por mi parte, me olvidaría de todo eso —insistió, moviendo la cabeza.

Empujé mi sombrero sobre los ojos y me enfrenté con él.

—¿Oyó el cuento del hombre de la pata de palo que estaba jugando al ping-pong?...

—Sí —dijo el alcaide, asintiendo—. Hace tiempo que me lo contaron.

Me encaminé hacia la salida.

—Ya me lo imaginaba —dije, y me alejé.

2

Me dirigí a la sala de periodistas del Departamento de Policía. Allí solía encontrarse un individuo con quien tenía mucho interés en conversar.

Empujé la puerta y eché una ojeada a la habitación llena de humo. Cuatro cronistas estaban jugando a las cartas en torno a una mesita circular. En un rincón, sobre un desvencijado sofá, dormía Ackie.

Ackie era el tipo más feo que había conocido en toda mi vida. Era de reducida estatura, con abundante y áspero vello sobre la nariz, en las orejas y el cuello. Sin duda, la partera que le ayudó a nacer debió de sufrir una serie de pesadillas después del parto. Pero era uno de los más inteligentes periodistas de la ciudad.

Acerqué una silla al sofá, me senté y le sacudí.

Cuando me reconoció, se sentó y frunció el ceño.

—Eres grande —dijo—. ¿No puedes dejar dormir a un honesto ciudadano?

—Déjate de historias, Ackie —le repliqué—. Siéntate, que quiero conversar contigo.

Ackie se frotó la cara, empujando su voluminosa nariz hasta hacerle tomar los ángulos más extraños.

Extraje un paquete de Camel, le ofrecí un cigarrillo y encendí otro para mí.

—¿De qué se trata, compadre? —preguntó—. ¿Qué pretendes de mi privilegiado cerebro?

—No tienes cerebro —repliqué, moviendo la cabeza—. Solamente crees tenerlo.

Ackie entornó los ojos.

—Liquidaron a Vessi hoy —dijo.

—Sí —confirmé, sorprendido.
—¿Por qué asististe a la ejecución? —preguntó, sin abrir los ojos.
—¿Cómo demonios sabes que estuve allí? —pregunté a mi vez.
Cuando Ackie sonreía, era horrible. Desvié los ojos.
—Cosas que se oyen —comentó—. ¿Por qué fuiste?
—Escucha, Ackie —expliqué pacientemente—. Vine aquí a hacerte algunas preguntas, no a que tú me preguntes.
Levantó levemente un párpado y me examino.
—¿Por qué tanto interés, hermano? ¿Qué estás escondiendo?
Estos linces del periodismo son todos iguales. Aspiré el humo del cigarrillo, lo retuve unos segundos y luego lo expulsé.
—No creo que Vessi fuera culpable —dije en voz muy baja.
Ackie gimió y cerró un ojo.
—Ahora está muerto, ¿no es así? Olvídate de él.
—Ese tal Richmond —observé, eligiendo las palabras—, creo que tenía más enemigos que Vessi, ¿no es así?
—Sí, tenía muchos enemigos. Richmond se estuvo buscando lo que al final le ocurrió.
—Había una mujer mezclada en el asunto, ¿no? Aunque nunca la hicieron comparecer.
Ackie se encogió de hombros.
—Había centenares de mujeres —dijo con indiferencia—. Ese individuo tenía mujeres por todos lados.
—¿Quién era ella?
Ackie irguió la cabeza.
—Inútil insistir —dijo—. Vessi está muerto y también Richmond. Buena pareja de ratas. Asunto acabado..., olvídalo.
—¿Por qué diablos todo el mundo quiere echar tierra al asunto?
—¿Lo quieren todos? —sonrió Ackie.
—Escucha, Ackie —dije—. Tú sabes algo y yo sé algo. ¿Qué te parece si vienes a mi piso y conversamos un poco?

Ackie movió la cabeza.

—Apenas pongas el pie fuera de este cuarto, sigo durmiendo —declaró con firmeza.

—Tengo una botella entera de whisky de centeno —le aclaré.

Ackie se incorporó de un salto.

—¿Por qué no lo dijiste antes? —preguntó—. ¿Dónde infiernos está mi sombrero?

Camino a mi piso, Ackie habló de fútbol. No sabía mucho del tema, pero le gustaba expresar sus opiniones. Le dejé hablar. Por mi parte, tenía bastante en qué pensar.

Una vez que le hube sentado en un cómodo sillón, con un alto vaso de whisky en la mano, fui derecho al tema.

—Nuestra conversación será estrictamente reservada, Ackie —le dije, mientras acomodaba mis pies sobre la mesa—. Ante todo, pondré las cartas sobre la mesa. Necesito ayuda, Ackie, y quiero que seas tú quien me la proporcione.

Ackie lanzó un gruñido, pero no dijo nada.

—Recibiré diez mil dólares si empiezo a revolver el asunto de la ejecución de Vessi —dije.

Ackie me clavó los ojos.

—¿Quién paga? —preguntó.

—Eso no puedo decírtelo —repliqué, moviendo la cabeza—. Diez mil hermosos dólares, y, por lo poco que sé, el asunto Vessi huele a podrido. Me parece que el juicio y la condena de Vessi fueron fraudulentos desde el comienzo.

Ackie parecía preocupado.

—Mejor es que te apartes del asunto, Nick —dijo con expresión grave—. Puedes meterte en un embrollo serio.

—Vamos —dije—, habla. ¿De qué se trata?

Comprendí que estaba tratando de decidirse. Advertí que estaba dispuesto a hablar.

—Larry Richmond era el presidente de la Mackenzie Fabrics Corporation —explicó lentamente, los ojos fijos en algún punto encima de mi cabeza—. Muchos peces gordos son accionistas del negocio. Los más importantes del comercio y de la industria. Y altos funcionarios del Estado.

Me incliné hacia delante, le retiré el vaso y volví a llenarlo. Recibió el licor con una ligera mueca.

—No debiera beber —dijo—. Me oxida las tripas o hace algo por el estilo.

—Sigue hablando —pedí.

—Quizá creas que en todo esto no hay nada raro. Pero, a decir verdad, lo hay. Richmond negociaba privadamente todas las acciones con sus inversores. Esos valores nunca entraban al mercado libre. Ya sabes de cuánto prestigio social gozaba Richmond. Sólo necesitaba hacer una par de visitas, dejar caer unas pocas palabras, y ya tenía colocada la emisión —se interrumpió para beber un sorbo de whisky—. Si se vuelve a abrir la investigación, esos inversores se verán en apuros.

Preferí no apremiar a mi informante. Todo aquello era nuevo para mí, y no sabía muy bien para qué podría servirme.

—¿Y luego? —pregunté.

—Mi propio patrón ha invertido capital en ese negocio —continuó Ackie—. Y ya nos dijo que dejáramos quieto el asunto. No sabemos mucho, pero tenemos la impresión de que la Mackenzie Fabrics Corporation es una pantalla, y que entre bambalinas hay otro negocio que es el que paga los grandes dividendos. Los que pusieron el dinero no quieren saber nada..., y tienen verdadero terror ante la posibilidad de que un entrometido como tú empiece a averiguar cosas.

—¿Cuál es el negocio oculto? —pregunté, poniéndome en pie.

Ackie se encogió de hombros.

—Dios lo sabe. Cualquier cosa. El problema es que son tantos los figurones que han puesto su dinero allí, que sería demasiado peligroso empezar algo.

—¿Vessi fue el conejo de Indias?

Ackie asintió.

—Claro que sí. Alguno se creyó estafado y llenó de plomo a Richmond. Seguramente el asesino estaba relacionado con la firma. No podían acusarle sin poner todo al descubierto, de modo que buscaron a alguno que cargara con la culpa. Vessi fue el candidato. Así fue, chico. Y ahora..., olvídalo todo, ¿quieres?

—¿Quién es Lu Spencer?

Ackie me dirigió una rápida mirada...

—Spencer era la mano derecha de Richmond. Es el hombre que ha ocupado el puesto de Richmond.

—Lu Spencer fue quien mató a Richmond, ¿no?

Ackie palideció.

—Nada sé de eso —replicó, adquiriendo su voz una súbita cautela.

—Muy bien, Ackie —dije—. Me has aclarado unas cuantas cosas. Te estoy muy agradecido.

Ackie se incorporó.

—¿No estarás pensando remover el avispero? —preguntó.

Pero en sus ojos advertí un destello que indicaba que, efectivamente, abrigaba la esperanza de que ésa fuera mi intención.

—¿Qué te parece si dejamos eso sin respuesta? —repliqué—. En cualquier caso, te prometo proceder con prudencia. ¿No dijeron que Richmond andaba con la muchacha de Vessi y que por eso éste le mató?

—Sí —asintió Ackie—. Eso dijeron.

—¿Quién es ella, Ackie?

Ackie arrugó el ceño.

—Una muñequita —dijo lentamente—. No la hicieron comparecer. Andrée no sé cuántos...; en el oficio la llaman Blondie.

—¿Profesional? —pregunté, sorprendido.

Me rasqué la cabeza.

—Claro... —asintió Ackie—. Como sabes, a Vessi le gustaba que se mantuvieran solas.

—Me agradaría encontrarme con esa niña —dije—. Quizá pueda decirme algo...

—No sé dónde vive, pero casi todas las noches concurre al bar Hotcha.

Le palmeé afectuosamente.

—Bebe tu whisky, chico —dije, volviéndome hacia la mesa—. Creo que te lo ganaste.

—Vamos, Nick —replicó burlonamente Ackie—. Conozco esa canción. Y dime, ¿quién pone los diez mil para que todo esto salga a la luz pública?

Le empujé hacia la puerta.

—Es mi tía Clotilde —le contesté, mientras le hacía salir al corredor oscuro.

—¿Sí? —dijo—. ¿O fue tu tía Fanny?

Cuando se fue, cerré la puerta.

Una vez que me quedé solo, me dirigí a la alacena y saqué otra botella de whisky, la descorché y me senté sobre el borde de la cama. Después de un rato me desnudé lentamente, mientras reflexionaba sobre el caso. Me introduje en el lecho con un vaso de whisky en la mano y me dediqué a beber lentamente el brebaje.

Tenía que calcular mis pasos. Al parecer, había un trabajo entre manos. Esto último no me inquietaba, pero necesitaba ver claramente adónde me llevaría el asunto.

Por ahora, a decir verdad, no me iba mal. Vendía bien mis artículos, sin apuros ni angustias, disponía de un hermoso apartamento y podía comprar todo el licor que mi organismo necesitaba para mantenerse bien engrasado.

Bebí un sorbo de whisky y me acomodé mejor en el lecho.

¿Qué ocurriría si comenzaba a remover el asunto y se iniciaba una investigación? Si aquella compañía, Mackenzie no sé cuántos, ocultaba alguna actividad ilegal, se produciría un escándalo y yo sería el responsable. Era muy posible que los diarios que ahora me pagaban prescindieran de mis servicios..., y yo perdería todo lo que tenía..., y todo nada más que por diez billetes de mil dólares. Desde ese punto de vista, el asunto carecía totalmente de interés.

Deposité el vaso sobre la mesita de noche y encendí un cigarrillo. Siempre que entraba en la cama con una preocupación como la que ahora me aquejaba, al cabo de un rato me acometía el deseo de tener a mi lado a una dama de buen aspecto, capaz de disipar todas mis inquietudes.

Una mujer es un maravilloso sedante, y cuanto más pensaba en ello, más deprimido me sentía. Ya estaba tocando fondo cuando sonó el teléfono.

Mientras descolgaba el auricular, dirigí la vista al reloj. Eran más de las dos de la madrugada.

—Diga —exclamé, mientras me preguntaba quién demonios podía llamar a esa hora.

—¿Habla Nick Mason?

Apenas oí aquella voz dura, metálica, me enderecé. Mi brazo hizo un gesto brusco y el vaso de whisky cayó al suelo. Pero ni la pérdida del excelente licor apartó mi atención de aquella voz.

Cuatro días antes la misma voz me había llamado. Sin identificarse, me había anunciado que recibiría una invitación para asistir a la ejecución de Vessi, y que debía intentar hablar con él. Si, en mi opinión, era posible denunciar el carácter fraudulento del juicio, se me pagarían diez mil dólares. Aquella mujer colgó antes de que yo pudiera decir una sola palabra.

¡Ciertamente, el asunto me había intrigado! Esa clase de misterios me atraían extraordinariamente. No se trataba sólo del incentivo monetario, sino también del aspecto periodístico.

Y ahora, aquí estaba nuevamente. La voz era inconfundible: clara, resonante y dura.

Me recosté sobre la almohada, sosteniendo firmemente el teléfono.

—El mismo, hermana.

—¿Fue?

—Sí.

—¿Qué ocurrió?

—Ha muerto. Hablé con él. Dijo que Lu Spencer era el culpable.

Comprendí que contenía la respiración.

—¿Dijo eso? —preguntó con voz ansiosa.

—Sí... Ahora, escuche. ¿De qué se trata? ¿Por qué tanto interés en esto?

—Le mandaré cinco mil dólares, con el fin de que pueda empezar a trabajar. Cuando haya descubierto la verdad y la haya publicado, le enviaré los cinco mil restantes.

Temí que fuera a interrumpir la comunicación. Hablé rápidamente.

—No tengo interés... Estuve estudiando el problema, y es demasiado complicado.

Se produjo un prolongado silencio.

—Hable, hable —dijo él ansiosamente.

—Sí —contestó ella—. Creí que usted se alegraría de que le encargaran este trabajo. Veo que me equivoqué.

—¿Qué le parece si nos reunimos y lo discutimos juntos? —sugerí—. Se trata de algo muy serio, nena. Todos los hombres importantes están en el juego...; prefiero que lo tratemos.

—Creo que usted es perfectamente capaz de hacerlo —replicó, y cortó la comunicación.

Apoyé la cabeza sobre el respaldo de la cama, mientras dirigía a mi interlocutora una serie de calificativos ominosos. Pero con eso no iba a ninguna parte. Ella tenía razón en sus cálculos. Me gustaba meter la nariz allí y corría el riesgo de que me la cortaran. Apagué la luz. Podía pensar mejor en la oscuridad.

Revisé cuidadosamente todos los datos que conocía. Disponía de unas pistas. En primer término, echaría una ojeada a los accionistas de la Mackenzie Fabrics Corporation. Luego, convenía investigar a la firma propiamente dicha. Lu Spencer estaba reclamando un examen prolijo. Ackie era un muchacho excelente, y supuse que no se negaría a ayudarme, si no le metía en líos. Además, estaba Blondie. Quizá por este lado la cosa fuera más divertida. De todos modos, me gustaban las rubias*. A primera vista, parecía un programa atractivo.

En ese punto me dormí.

---

* *Blondie:* En inglés, rubita. Diminutivo cariñoso que suele aplicarse a las mujeres de cabellos rubios. De ahí la reflexión del personaje. *(N. del T.)*

3

Alguien me despertó con el ruido del timbre de la puerta. Me gusta eso. Hay quien se especializa en despertarme precisamente cuando la rubia de mis sueños se está poniendo interesante. Y esta vez el sueño me estaba resultando particularmente atractivo.

Salté de la cama y atravesé los dos cuartos para llegar a la puerta.

Un mensajero se hallaba apoyado sobre el marco de la puerta, silbando una melodía de Cole Porter.

—¿Nick Mason? —preguntó.

—El mismo —contesté—. ¿Qué quieres, pesadilla de tu pobre madre?

Me entregó el sobre y firmé. Esperó, creyendo que le daría alguna propina. ¡Vana esperanza! Por mi parte, sólo deseaba que al salir cayera por la escalera y se rompiera el cuello. Empecé a cerrar la puerta.

—Ya es hora de que se compre otro pijama —comentó el mozalbete, y echó a correr.

Sin duda temía una respuesta enérgica.

Regresé al dormitorio y me miré en el espejo del ropero. El muchacho tenía razón. El pijama era terrible. Me senté sobre el borde de la cama y rasgué el sobre. Cayeron sobre mis rodillas cinco billetes de mil dólares. Ninguna carta.. Sólo el dinero. Estuve mirándolos durante unos cuantos minutos. Es mi costumbre... quedarme sentado y contemplar pilas de billetes de Banco. Luego devolví el dinero al sobre y deposité este último sobre la mesa.

Naturalmente, la moneda tenía otra cara. Era necesario que comenzara inmediatamente a ganarme ese dinero. Pasé al cuarto de baño y me quité el pijama. El agua fría de la ducha me hizo sentirme mejor. Después del primer remojón con agua fría, acostumbro cantar. Quizá mi voz no es muy buena, pero sí potente. Me envolví la toalla alrededor de la cintura y me afeité. Finalmente, me dirigí al dormitorio, con el propósito de tomar un trago que me ayudara en las etapas finales de mi arreglo.

Apenas entré al dormitorio, dos cosas me llamaron la atención. En el aire había un intenso olor a perfume, que ciertamente no se percibía cuando salí de esa habitación, y el *sobre había desaparecido.*

Me moví con rapidez. Solté la toalla, atrapé mi bata y me la puse en contados segundos, al mismo tiempo que corría hacia la sala de estar. La puerta principal estaba abierta. Acudí a la ventana y la levanté de un golpe. La calle se hallaba desierta. Me pareció ver la parte trasera de un taxi amarillo que daba vuelta a la esquina, pero no estaba seguro. Si era un taxi, llevaba una velocidad endiablada.

Regresé al dormitorio y olí el aire. No soy de esos hombres capaces de clasificar rápidamente un olor, pero éste era inconfundible. Era de la clase de perfumes que suelen usar las mujeres livianas para enloquecer a sus candidatos.

En cuanto a mí, ya estaba perfectamente loco. Me dirigí al teléfono con la idea de llamar a la policía, pero me contuve y me puse a reflexionar.

Esos dólares tenían un maravilloso aspecto, y ahora una dama me los había quitado. Me sentía comprensiblemente deprimido.

Después de beber unos tragos, me sentí un poco mejor, y me vestí. No sabía qué hacer. Pero cuanto antes empezara a moverme, tanto mejor. Abandoné el departamento y bajé a tomar el desayuno.

Pedí dos huevos, tostadas y café. Estaba empezando a comer cuando el individuo que tenía alquilado el apartamento frente al mío entró al bar. Este sujeto me daba dolor de estómago. Hay hombres así. No se sabe por qué..., hacen todo lo posible por ser simpáticos, pero no lo consiguen.

Traté de ocultarme detrás de mi diario, pero era demasiado tarde. Se acercó, con una expresión extraña en el rostro, y se sentó frente a mí.

Empezó, procurando aparentar que estaba muy impresionado:

—No debiera llevar mujeres a su departamento, Mason. Da mala fama a la casa.

—Tonterías —repliqué—. La casa tenía mala fama antes de que yo me mudara. Además, no sé de qué me está hablando. ¿Qué es eso de que a mi departamento vienen mujeres?

En ese momento se acercó la empleada y recogió el encargo de mi vecino. Cuando la joven se alejó, el individuo dijo:

—La vi cuando fui a buscar el diario. Salió disparada, como si la hubiera echado.

Pensé que, de haberla visto, habría salido más rápida aún.

—Usted está loco —comenté—. Aperas le vi entrar al bar, me pareció que su cabeza no funcionaba bien.

Una expresión de duda se reflejó en su rostro, pero volvió a la carga.

—Usted no puede engañarme —dijo—. Una mujer muy llamativa..., algo muy serio.

Acabé de beber mi café y encendí un cigarrillo.

—Me parece que usted ve visiones —comenté fríamente—. ¿Podría describírmela?

—Claro que puedo —contestó—. Era alta, rubia, y tenía maquillaje para regalar. Vestía de negro, y llevaba un gran sombrero negro y un collar de oro o algo parecido alrededor del cuello. Se movía con rapidez, pero estoy seguro de reconocerla en cualquier momento.

Me incorporé, y le miré con aire preocupado.

—Le aconsejo que haga algo para aliviar su situación —comenté—. Debiera consultar a un médico...; le está dando por ver visiones.

Salí del bar, dejándole con la boca abierta. Una vez en la calle, caminé lentamente entre la gente que se dirigía a sus empleos.

De modo que era rubia, alta y vestía de negro. Hermosa tarea, buscar a una mujer que respondiera a esa descripción. De todos modos, la dama tenía mis cinco mil, y debía encontrarla o estallar.

Quizá Ackie pudiera ofrecerme algún indicio. Entré en una farmacia y llamé por teléfono a la sala de periodistas del Departamento de Policía, pero no estaba allí. Suponían que se hallaba jugando a las bochas en casa de Hank, pero no estaban seguros.

Tomé un taxi, que me llevó al bar de Hank; pero tampoco se encontraba allí. Me informaron de que era probable que fuera, de modo que resolví matar el tiempo en las mesas de billar del salón.

Nunca pude dominar el juego, pero me interesaba, y siempre que me acercaba a una mesa practicaba con las bolas. Después de jugar un rato, decidí que era mejor buscar a Ackie en otros lugares y salir a la calle. Cuando me disponía a apartarme de la mesa, un sujeto alto y delgado, vestido como si hubiera pretendido disfrazarse de miembro de la alta sociedad, se acercó lentamente y dijo:

—¿Qué le parece si jugamos una partida, por un dólar o dos?

Tenía experiencia de esta clase de individuos. Parecían tan condenadamente tontos, que uno se avergonzaba de ganarles un dólar, pero una vez que habían conseguido elevar la apuesta a veinticinco dólares, hacían maravillas con el taco y las bolas.

Deposité el taco sobre la mesa y moví la cabeza.

—Estoy sin dinero —dije—. Practique un poco, si quiere.

Levantó el taco y comenzó a jugar. Me ofreció una de las mejores exhibiciones que vi en mi vida. Embocó las bolas desde todos los ángulos; por mi parte, me limité a sacarlas de las redes y devolvérselas. Concluyó con un golpe maestro que mandó tres bolas a tres rincones diferentes, donde embocaron limpiamente.

—Veo que hace mucho que dejó de ser un principiante —comenté, al mismo tiempo que para mis adentros me alegraba de no haber aceptado la proposición del individuo.

Se inclinó sobre la mesa y recogió una bola; advertí la protuberancia formada por la culata de un revólver sobre la cadera.

—¿Yo? Soy un novato —dijo—. Sencillamente, me gusta jugar un poco.

Le examiné con más atención. Mantenía su aire un poco tonto, pero cuando se le estudiaba más de cerca sus ojos le traicionaban. Era un tipo duro. Tenía un labio colgante, que le confería aquel aspecto suave, pero los ojos eran fríos y suspicaces.

No tardó en advertir mi interés, y se apoyó sobre la mesa, mientras se limpiaba las uñas con una navaja sevillana.

—¿Dónde le he visto antes? —dijo, elevando un poco la voz, para hacer de sus palabras una pregunta.

Moví la cabeza.

—Vine a buscar a un amigo —contesté.

El hombre me intrigaba; pensé que un poco de conversación no me haría daño.

—Me parece que he visto su cara en algún sitio —dijo, sin levantar la vista.

—¿Sí? Es posible.

—¿Usted es Mason, el periodista?

Pero se excedió en el tono, y comprendí que sabía perfectamente quién era yo.

—El mismo —contesté—. Sin duda, usted ha visto mi fotografía en alguna parte.

—Sí —plegó la navaja y la guardó en el bolsillo—. Sí, quizá sea eso.

Me dirigió una mirada dura y larga, luego arrojó el taco sobre la mesa y se encaminó hacia la puerta.

Le vi alejarse y me sentí desconcertado. ¿Qué significaba aquello? Me acerqué al mostrador. Hank estaba limpiando unos vasos. Era un hombre corpulento, de pelo rojo y enormes brazos y manos.

—¿Quién es ese individuo? —dije, señalando con un movimiento de la cabeza hacia la puerta.

—Que me registren —contestó Hank, encogiéndose de hombros—. ¿Qué toma?

—¿Nunca lo vio?

—No lo recuerdo.

En ese momento entró Ackie. Sonrió al verme.

—¿Qué demonios estás haciendo aquí? —preguntó, acercándose al mostrador—. Dos whiskies con ginger —pidió a Hank.

—Deseaba verte —repliqué—. Por eso vine aquí.

Hank sirvió los vasos. Sonrió a Ackie.

—¿Cómo van las cosas, amigo? —preguntó.

Ackie se inclinó sobre el mostrador y palmeó afectuosamente a Hank.

—¿Mis cosas? —dijo—. Maravillosamente..., imposible mejor.

Parecía que ellos dos se conocían bien, de modo que intenté de nuevo.

—Ese tipo que estaba jugando al billar... ¿quién era?

Hank dejó de reírse. Sus ojillos se movieron nerviosamente.

—Ya le dije que no lo sabía —insistió. Ackie me miró, y luego miró a Hank. Ackie era un sujeto inteligente. Comprendió la situación sin necesidad de mayores explicaciones.

—Habla, Hank... Este hombre es mi amigo —dijo.

—Les digo que no sé nada—Hank se estaba enojando—. No puedo perder el tiempo con ustedes... Debo hacer mi trabajo.

Se dirigió al otro extremo del mostrador y comenzó a lavar vasos.

Ackie le contempló con aire pensativo, y se sirvió otro whisky.

—¿De qué se trata? —preguntó.

—Quizá no sea nada —contesté, encogiéndome de hombros—. Estaba jugando al billar y apareció un tipo que me propuso una partida. Me negué, y mientras él hacía correr las bolas, advertí que iba armado. Me preguntó si yo era Mason, me miró con dureza y se marchó. El encargado sabe quién es, pero no quiere decirlo.

Ackie frunció el ceño.

—¿Cómo es el individuo?

—Un pájaro alto, delgado, con el labio colgante y mirada dura. Parecía un infeliz, pero era un sujeto de cuidado.

Ackie cerró ligeramente los ojos.

—¿Sabía manejar el taco de billar?

—Por supuesto. Pocas veces vi un jugador tan hábil.

—Es Earl Katz —dijo Ackie—. ¡Bueno, Bueno!

—No le conozco —dije, moviendo la cabeza.

—Sí, es difícil que le conozcas. Es un delincuente..., y de los bravos. Uno de los pistoleros de Lu Spencer.

Con brusquedad dejé el vaso sobre el mostrador.

—¿Lu Spencer? —repetí.

—Sí —confirmó Ackie—. Me parece que ya te han puesto el ojo encima.

—Sin embargo, no creo que Hank deba tenerle tanto miedo —observé.

—¿No lo crees?—Ackie agitó su deforme cabeza—. No seas tonto. Ese tipo es peor que una serpiente de cascabel. No te hagas ilusiones. Hank y todos nosotros le tenemos un miedo horroroso.

Bebí otro largo sorbo de whisky.

—Pues no pienso permitir que ese pistolero me meta miedo.

—Espera a conocerlo bien —comentó Ackie, encogiéndose de hombros.

Examiné el salón, que seguía vacío, con excepción de Hank, que se mantenía alejado de nosotros. Bajé la voz.

—Esta mañana me ocurrió una pequeña aventura. Una dama se metió en mi departamento y me quitó una suma de dinero.

Ackie pareció interesado.

—¿Quieres decir que se deslizó en tu departamento y te vació la cartera?

—Estaba bañándome cuando vino la fulana, se apoderó de una hermosa suma y salió sin que yo la hubiera visto. El hombre que vive enfrente la vio cuando se marchaba. Creo que está relacionada con todo este asunto, y me estaba preguntando si tú sabrías quién es.

—¿Cómo diablos quieres que sepa algo? —preguntó Ackie, incrédulo.

—¿Conoces a una mujer de cabellos rubios que viste de negro? Usa un gran sombrero de fieltro y es sumamente atractiva.

Ackie movió la cabeza.

—¿Por qué la relacionas con el asunto Vessi? —preguntó.

No pensaba decirle tanto, pero lo comprendió inmediatamente. Ackie tenía bastante materia gris debajo de los cabellos.

—¡Vaya, vaya! Esto es maravilloso —exclamó, palmeándose el muslo y lanzando una carcajada—. De modo que te pagaron, ¿eh? Te dieron los diez billetes de mil y alguien te los quitó.

Se inclinó sobre el mostrador, incapaz de contener la risa.

Cuando terminó de reírse, se enjugó los ojos con la manga y me sonrió maliciosamente.

—De modo que una rubia te birló una pequeña fortuna. ¡Eso es grande!

—Sí —repliqué secamente—. ¿Qué te parece si interrumpes tu diversión y concentras tu inteligencia en el problema? ¿No puedes darme una pista para encontrar a esa rubia?

—¿Por quién me tomas? —contestó Ackie, moviendo la cabeza—. ¿Crees que conozco a todas las rubias de la ciudad?

—¿Y si fuera la muñeca rubia de Vessi? —observé con voz tranquila.

Ackie pareció súbitamente incómodo.

—Escucha, Nick —dijo—. Simpatizo contigo, pero no quiero mezclarme en nada..., ¿me comprendes? Sigue con eso si quieres que muy pronto vayamos a tu funeral, pero no me compliques la vida.

—Muy bien, muy bien. Olvida lo que te dije. Me las arreglaré sin tu ayuda.

Ackie asintió.

—Eres exactamente la clase de hombre que puede resolver el caso..., y quizá salir vivo para contarlo.

«Muy consolador», pensé. Eché una ojeada a mi reloj. Se acercaba la hora del almuerzo.

—Muy bien, Ackie —le dije—. Ya nos veremos.

Me separé de él, después de pagarle otro whisky. Salí a la calle, y permanecí unos instantes parado en la acera, reflexionando. Mi teoría era que siempre debía tomarse la iniciativa. Pero no estaba seguro de que correspondiera hacer lo mismo en este caso. Quizá empezara algo que no podría terminar. No lo veía claro todavía. Luego, se me ocurrió que bien podía seguir adelante y ver qué pasaba, de modo que llamé un taxi y dije al chófer que me llevara rápidamente al edificio Hoffman.

4

El taxi me dejó frente a la entrada del edificio Hoffman, y un ascensor me llevó hasta el décimo piso.

La Mackenzie Fabrics Corporation era algo serio. La entrada constituía una deslumbrante exhibición de maderas y cromados; una vez dentro, casi me hundo hasta las rodillas en la espesa alfombra. El gran vestíbulo de recepción parecía la estación central de un ferrocarril. En el extremo más alejado se hallaba el escritorio de la recepcionista, y alrededor de la empleada una multitud de individuos impacientes, que exigían ver al señor Tal o Cual.

Examiné el lugar. De cuando en cuando, alguna empleada salía de los despachos que se abrían sobre el vestíbulo y lo cruzaba para dirigirse a otras dependencias. Estaban muy bien seleccionadas, y comencé a pensar que no me vendría mal conseguir un empleo en la compañía.

Me adelanté hacia el escritorio de la recepcionista. La turba visitante seguía luchando por acaparar la atención de la empleada. Observé durante algunos instantes, luego encendí una cerilla en la suela de mi zapato y la acerqué al diario que uno de los individuos tenía bajo el brazo. Retrocedí unos pasos y espere.

Se produjo un tremendo escándalo cuando el diario se prendió. Mientras todos procuraban apagar el fuego, me acerqué a la empleada y le pedí que me pusiera en comunicación con la secretaria de Spencer.

—¿Está citado? —preguntó la joven, mientras vigilaba de reojo la conmoción producida en torno al diario quemado.

El asunto empezaba a alterarme los nervios.

—Escuche, señorita —dije—. Llame a la persona que atiende los asuntos del señor Spencer y dígale que Nick Mason está esperando, y que si esto sigue así voy a fastidiarme bastante.

Me miró con aire pensativo, procurando decidir si mis palabras eran o no en serio, pero finalmente resolvió que era mejor seguirme la corriente, y llamó por el conmutador. Mantuve los ojos fijos sobre ella mientras transmitía el recado. Escuchó unos instantes y retiró la ficha del conmutador.

—Despacho 26, a su derecha —informó secamente.

—Gracias, nena... Espero que me incluya en sus sueños nocturnos.

Me dirigí al despacho 26, llamé a la puerta y entré. Era un cuarto pequeño, y un gran escritorio ocupaba casi todo el espacio disponible. Una gruesa alfombra cubría el suelo y de una de las paredes colgaba un buen desnudo.

Dirigí la vista al escritorio. Detrás de él se hallaba sentada una hermosa morena. Ahora bien: no quiero que me confundan. No era una mujer fatal...; al contrario, se trataba del tipo de muchacha que uno presenta en casa. Tenía largos y suaves cabellos oscuros, y grandes ojos castaños. Su boca era amplia y generosa, y su nariz, pequeña y bien formada.

—Discúlpeme —dije—. Esa señora del cuadro me desconcertó. No la vi.

La muchacha sonrió.

—¿El señor Mason? —preguntó.

Deposité mi sombrero sobre el escritorio y me senté en uno de los sillones.

—Sí —contesté—. Nick Mason. Quiero ver al señor Spencer.

—El señor Spencer está muy ocupado. No es posible verle sin concertar una cita previa.

Me acomodé en el sillón y la miré. No alcanzaba a comprender qué tenía esta muchacha que me atraía tanto. No estaba demasiado maquillada, y sus ropas eran muy discretas. Sin embargo, me era imposible apartar los ojos de su persona. Su voz interrumpió mis pensamientos.

—Si usted me dice para qué quiere verle, yo podría concertar la entrevista.

—Es un poco complicado, señorita..., este..., señorita...

No me dijo su nombre, y permaneció sentada detrás de su escritorio, esperando. Entonces se me ocurrió una idea.

—¿Qué le parece si salimos a comer y conversamos sobre este asunto? —eché una ojeada a mi reloj—. Es más de la una, de modo que estamos a tiempo. Hay bastante que hablar, y, sin duda, después de escucharme, podría decir si el señor Spencer es la persona que me conviene entrevistar.

Comprendí que estaba a punto de decir «no». Al mismo tiempo, sus ojos me dijeron que yo no le desagradaba. Parecía dispuesta a dejarse persuadir.

—Vamos, no sea orgullosa —rogué—. Deme una oportunidad de explicarle el problema.

—Muy bien, señor Mason —dijo la joven, incorporándose—. Vamos a almorzar.

Créase o no, aquella muchacha me impresionaba extrañamente. Que una muchacha me impresionara era cosa que podía hacer reír a mucha gente de muchos lugares diferentes.

Descendimos a la planta baja, y propuse a la muchacha:

—¿Qué le parece si vamos al restaurante de Joe?

—Encantada... —replicó, riendo—. ¿Dónde es?

Llamé un taxi. El coche amarillo se acercó al bordillo de la acera, y el conductor abrió la portezuela. De una ojeada examinó a la muchacha, y luego me dirigió un guiño.

—Conduciré con cuidado, capitán —dijo.

Estos conductores de taxis constituyen a veces una gran ayuda. Hice subir a mi compañera.

—Al restaurante de Joe, compadre —ordené—. Y cierre la ventanilla, ¿quiere?

—Bien, capitán —dijo con gesto burlón—; le prometo que no miraré. Adelante, y que lo pase bien.

Miré al interior del taxi, un tanto molesto. Comprendí por la sonrisa maliciosa de la joven que lo había oído todo.

—Estos tipos tienen pensamientos muy bajos —observé, acomodándome en el extremo más alejado del asiento—. Creo que ya es hora de que nos conozcamos. Soy Nick Mason...; creo que se lo dije antes.

—Mi nombre es Mardi Jackson —dijo ella.

—Encantado de conocerla —dije.

Y ambos nos echamos a reír. Me pareció un nombre excelente. Armonizaba con su persona.

—Bueno, señorita Jackson —dije, ofreciéndole un cigarrillo—. Usted es la secretaria de Spencer..., ¿no es así?

La muchacha aceptó el cigarrillo.

—Así es —confirmó—. ¿Usted escribe artículos?

Encendí los dos cigarrillos.

—Efectivamente; así evito morirme de inanición —dije—. Una forma muy interesante de ganarse la vida. Podría contarle algunas cosas que le interesarían muchísimo.

—Bueno, algún día lo hará.

De ese modo charlamos durante el viaje. Nos arrojamos flores todo el tiempo. Era la primera vez, desde que alcanzara la edad adulta, que iba en taxi con una mujer sin intentar nada. La mayoría de las muchachas son tan tontas, que es preciso iniciar algo para no morir de aburrimiento. Otras hay que creen que han perdido el tiempo si uno no se lanza; pero esta nena merecía que uno se limitara a mirarla y a reservarla para alguna gran ocasión.

El establecimiento de Joe estaba bastante lleno cuando llegamos; pero el jefe de mozos, un griego, me vio y me hizo señas desde el extremo más alejado del salón. Pasamos entre las mesas, y no me disgustó comprobar que los hombres interrumpían la comida para examinar con atención a Mardi. Aun los que estaban con sus respectivas muñecas le dirigían una rápida ojeada de costado.

El griego se puso literalmente a mi disposición. Varias veces había mencionado el establecimiento en mis artículos, de modo que ahora era huésped distinguido de la casa.

En un abrir y cerrar de ojos nos preparó una mesa. Mardi le dirigió una sonrisa divertida al advertir que el griego se doblaba en dos, en una profunda reverencia. Comprendí que mi acompañante había impresionado también al viejo griego, y el hecho me complació.

Una vez que estuvimos sentados, el griego nos presentó la carta, por lo menos tan larga como mi brazo.

—¿Mucho apetito? —pregunté a Mardi.

—Bastante —asintió ella.

—¿Qué le parece una tortilla de hongos y un buen filete con patatas fritas?

—Me parece magnífico.

—Muy bien; dos raciones, Nic —ordené—, y que marchen rápidamente.

Mardi comenzó a quitarse los guantes. Miré sus dedos. No tenían anillos. Con verdadera sorpresa por mi parte, me sentí aliviado.

—Bien, señor Mason, ¿qué le parece si hablamos del asunto que le llevó a la oficina?

Moví la cabeza.

—No me meta prisa —dije—. Tengo que acostumbrarme a su persona.

Nuevamente frunció el ceño.

—¿No le parece conveniente —dijo con voz tranquila— que hablemos de una vez? Debo regresar dentro de una hora.

En ese momento volvió el griego con la tortilla. Después de comprobar que no nos faltaba nada, el hombre se marchó. Pero la interrupción me permitió coordinar mis ideas.

—Creo que voy a poner las cartas sobre la mesa —la frase empezaba a sonarme un poco gastada—. ¿Oyó hablar de un tipo llamado Vessi?

Vi que se sobresaltaba. Levantó la vista rápidamente. Su mirada era un interrogante vivo.

—Veo que sí —continué, antes de que pudiera decir nada—. El hombre que ejecutaron la otra noche. Bueno, me interesaba el hombre y su historia. Y estaba pensando que quizá usted podría facilitarme algunas informaciones...

—¿Yo? —pareció sorprendida; tuve la impresión de que había cometido un error—. ¿Cómo podría facilitarle información? ¿Y qué información?

Movió la cabeza.

—No, supongo que fue un error mío. Muy bien, olvídese del asunto, ¿quiere?

Su mentón tembló.

—No, no lo olvidaré —dijo—. ¿Por qué cree que puedo decirle algo?

Advertí que empezaba a encolerizarse. No quería perder de vista a esta nena...; me gustaba demasiado. Además, debía andar con pies de plomo. Después de todo, era la secretaria de Spencer.

—Lamento haber planteado el asunto —dije—. Me pasé de inteligente. Usted tiene razón. Una muchacha como usted nada puede saber sobre Vessi... Creo que le debo mis excusas.

Sonrió. Una sonrisa suave, pero decidida.

—Pero con eso no responde a mi pregunta, ¿no le parece?

—No me ponga en aprietos, amiga —repliqué, devolviéndole la sonrisa—. Supuse que podría sacarle alguna información si la sorprendía, pero veo que me equivoqué. Le contaría todo si pudiera, pero por el momento es necesario callar algunas cosas. ¿Por qué no me dice cómo puedo ver a Spencer?

El filete con patatas fritas ayudó a suavizar la atmósfera hostil; pero la joven no estaba dispuesta a dejarme escapar.

—Señor Mason, este asunto no me gusta nada. Usted dijo que deseaba explicarme un problema concreto. Mis obligaciones específicas son para la Mackenzie Fabrics. En lugar de cumplir su palabra, empezó a hablar de cierto pistolero. ¿Se trata de alguna broma de mal gusto?

Me sentí desconcertado, lo cual era un sentimiento nuevo para mí. Procuré defenderme.

—No es una broma. Hablo muy en serio, pero estoy en una situación...

Empezó a retirar la silla.

—En ese caso, señor Mason —dijo fríamente—, no creo que sea necesario perder más tiempo.

A otra mujer la habría mandado al infierno, pero esta nena me tenía sobre ascuas.

—No se vaya, no me deje así... —rogué—. Estoy dispuesto a explicarle todo.

Movió la cabeza.

—No. Creo que es mejor que me vaya.

Pero no hizo movimiento alguno. Sin duda era voluntariosa, pero la curiosidad femenina fue más fuerte. Miré sobre el hombro, a mi espalda, para comprobar si alguien podía oírme. Luego comencé a hablar. Le relaté todo, del principio al final.

Ella permaneció sentada, las manos sobre la falda, los ojos muy abiertos, los labios nerviosamente apretados. Le conté todo, y ella estuvo pendiente de mis palabras. A cada minuto que pasaba me parecía más hermosa.

—Además de los diez mil —concluí—, el asunto me interesa. Será una magnífica historia, sin contar con que me gusta ayudar a que el culpable reciba su merecido castigo.

Finalmente habló, y su voz fue apenas un murmullo:

—Pero..., pero... el señor Spencer... No, no puedo creer eso.

Me encogí de hombros.

—No conozco a ese hombre. Al mismo tiempo, ¿por qué demonios tiene un pistolero a su servicio? ¿Por qué un dirigente de la Mackenzie Fabrics está vinculado a un delincuente como Katz?

Advertí que se estremecía.

—Usted sabe más de lo que me deja entrever, ¿no es así?

Vaciló. Finalmente, negó con un movimiento de cabeza.

—No puedo ayudarle... Soy su secretaria personal... Usted me comprende, ¿no?

Me rasqué el mentón.

—Sí, claro que sí —dije con aire de duda—. Al mismo tiempo, nena, no olvide que se trata de un asesinato, y que no se tiene mucha clemencia con los cómplices.

Palideció un poco al oír mis palabras, pero volvió a negarse.

—No, ahora no —dijo con firmeza.

—Muy bien. Quizá más adelante.

El griego trajo el café, y yo ofrecí un cigarrillo a Mardi. Fumamos en silencio. Por mi parte, no sabía muy bien cómo continuar mi investigación. Había esperado averiguar algo, pero estaba exactamente en el mismo lugar que antes.

—Creo que será conveniente que converse con este Spencer —dije finalmente—. Quizá logre sacarle algo.

Mardi jugueteaba con la cucharilla del café.

—Preferiría que no lo hiciera —dijo sin mirarme—. ¿No cree que sería mejor dejar en paz este embrollo?

Enarqué las cejas. Al parecer, todo el mundo estaba dispuesto a alentarme en la investigación del asunto Vessi.

—Debo continuar —afirmé—. ¿No comprende la resonancia periodística en caso de que descubra algo? Se armará un escándalo mayúsculo. Y yo seré el responsable de todo. Creo que vale la pena arriesgarse.

—No quiero parecer cobarde —dijo ella, poniendo repentinamente la mano sobre mi brazo—. Pero ¿no es un asunto demasiado grande? Quiero decir..., no deseo que piense...

Se interrumpió, confundida.

—¿Quiere dar a entender que soy un periodista de pueblo y que voy a sufrir un tremendo dolor de estómago si trago un pedazo más grande de lo que puedo digerir?

Me miró, y sus ojos expresaban inquietud.

—No, no quise decir eso —afirmó—. Pero si lo que usted me ha dicho es cierto..., ¿no es una lucha muy desigual? ¿No cree que debería buscar ayuda, si realmente está decidido a seguir adelante?

Quité la ceniza de mi cigarrillo. Mardi era el tipo de mujer que hacía mucho tiempo estaba buscando. Una mujer con la cual podía hablar y que tenía ideas.

—Si usted estuviera en mi lugar, ¿qué haría?

La muchacha no vaciló.

—No haría nada hasta descubrir a la mujer que le telefoneó. Y por qué le envió el dinero, y qué interés tiene en la investigación.

Asentí.

—Sí, es una buena idea. Pero no es fácil llevarla a la práctica. Es sólo una voz en el teléfono... ¿Cómo descubrirla?

Mardi dirigió los ojos a su reloj y lanzó una exclamación.

—Debo marcharme —dijo, aplastando el cigarrillo y recogiendo los guantes y la cartera—. Gracias por el almuerzo.

Me incorporé y me dispuse a acompañarla.

—No ha pagado la cuenta —dijo ella suavemente.

—No es necesario que lo haga —repliqué, sonriendo.

Hice un gesto de despedida al griego, que nos acompañó hasta la puerta y la abrió, dando paso a Mardi.

—Espero —dijo con una profunda reverencia— que la hermosa señorita retornará otro día.

Mardi se sonrojó, pero comprendí que se sentía halagada. Asentí.

—La verá de nuevo —prometí.

Llamé un taxi. Mardi se enfrentó a mí.

—Supongo que no se le ocurrirá regresar a la oficina —dijo rápidamente—. No cometa ninguna tontería antes de haber reflexionado bien. Averigüe primero quién es esa mujer.

Con una rápida sonrisa subió al taxi, yo permanecí en la acera, mientras el vehículo se alejaba.

En la acera de enfrente surgió de una puerta la figura de Earl Katz. Me miró, arrojó a la calle la colilla de un cigarrillo y echó a andar lentamente en la misma dirección del taxi.

5

Pasaron varias horas antes de que me decidiera a ir al Hotcha Club. Después de separarme de Mardi, y de la inesperada aparición de Katz, caminé algunas manzanas mientras reflexionaba sobre el problema. No llegué a ninguna conclusión, pero pensé que era mejor esperar un poco antes de mostrar mi juego a Spencer. Como tenía que ganarme la vida, concurrí a un partido de fútbol, y después de redactar la crónica, la envié por correo a la revista deportiva que me compraba ese tipo de material. Finalmente, me fui a cenar.

Cuando concluí mi cena eran cerca de las diez. Una noche cálida, estrellada y con luna llena. Resolví que había llegado el momento de conocer a la muñeca de Vessi.

El Club Hotcha era uno de esos lugares que parecen de categoría, pero que muestran la hilacha apenas se los examina de cerca. Ocupé una mesa en un rincón, pedí un whisky y me entretuve leyendo el diario.

Había bastante gente, y las damas eran un poco cargantes. Sufrí algunos inconvenientes con dos de ellas; pero cuando comprendieron que hablaba en serio, se marcharon. Pasó media hora, y como no vi nada que me interesara realmente, terminé preguntándome qué diablos hacía allí.

Por último, hice una señal al mozo, que acudió inmediatamente. Era un sujeto alto, de aspecto miserable y grandes ojos acuosos.

Saqué un billete de mi cartera y comencé a jugar con él. Sus ojos contemplaron con interés el billete.

—Oye, chico —dije—. Estoy buscando a una dama que suele venir por aquí. Quizá puedas decirme dónde encontrarla.

—Seguro... —replicó, con los ojos fijos en el billete—. ¿Quién es?

—La llaman Blondie —dije—. Una mujer impresionante, según dicen.

Sobre el rostro del mozo se dibujó una sonrisa aceitosa. Comprendí que la identificación no era problema para ese individuo.

—Claro que la conozco —afirmó—. Estuvo aquí, pero ahora debe de andar trabajando.

Empujé el billete hacia el borde de la mesa, y él lo hizo desaparecer inmediatamente.

—¿Dónde la encontraré? —pregunté.

—En la esquina de la calle 10.

Me incorpore.

—Gracias, compañero —dije.

—Es una mujer muy atractiva —dijo, encogiéndose de hombros.

—Eso he oído decir —confirmé—. Éste es mi primer viaje. ¿Es fácil reconocerla?

—Muy fácil —explicó—. Es alta y viste de negro —sonrió levemente—. Blondie es muy brava cuando llega la ocasión.

Salí a la calle. Una mujer alta, vestida de negro. Una intensa excitación se apoderó de mí. Pero ahora no era el momento de extraer conclusiones. Mejor esperar y ver.

Cuando llegué, la esquina de la calle 10 estaba desierta. Toda la manzana se hallaba en semipenumbra. Las luces de la calle estaban muy espaciadas, y ninguno de los establecimientos tenía iluminado el escaparate. Pensé que el lugar no favorecía la actividad de Blondie, pero posiblemente la muchacha conocía su negocio mejor que yo.

Me paré en la esquina y encendí un cigarrillo. Esperé cinco minutos. Sabía que ése era el lapso transcurrido, porque me sentía tan nervioso que a cada momento miraba el reloj.

Y entonces, cuando ya estaba perdiendo la paciencia, surgió de entre las sombras. Oí el taconeo lento sobre la acera antes de verla aparecer. Me enderecé y arrojé el cigarrillo a la calzada. Alcancé a distinguir los contornos de su figura, que se acercaba lentamente hacia mí. Era una mujer alta, vestida de negro.

Medio me volví hacia ella, para que no tuviera duda alguna respecto a mis intenciones. Advirtió mi presencia, y su paso se tornó más lento. Llevó una mano a la cadera, y comenzó a contonearse a medida que se acercaba.

Cuando estuvo más cerca, aspiré ansiosamente. El mismo cálido perfume que había encontrado en mi dormitorio. Me sentí aliviado: estaba, pues, ante la mujer que buscaba, la misma que me había quitado los cinco mil dólares.

—Hola —dijo, deteniéndose a mi lado.

Era casi tan alta como yo, y un gran sombrero negro le ocultaba parte de la cara. Sólo alcancé a distinguir la barbilla puntiaguda y el destello peculiar de los ojos.

—Hola, buena moza —dije—. ¿Mucho trabajo?

Emitió esa risa peculiar que Mae West popularizó.

—¿Vienes a casa conmigo, querido? —pregunto, dejando descansar la mano enguantada sobre mi brazo.

Sonreí para mis adentros. Sin duda que iría a su casa, y menuda sorpresa se llevaría la dama cuando me tuviera allí.

—Claro —dije—. Estuve toda la tarde buscando una nena como tú.

—¿De veras, querido? —se rió nuevamente. Por mi parte, hubiera preferido que dejara descansar el «querido». Pensé que dentro de muy poco me prodigaría apelativos muy diferentes—. Bueno, pues aquí tienes a una mujer auténticamente mala...

—Vamos... —dije.

—Es aquí cerca —indicó, señalando con la mano hacia el final de la calle.

Recorrimos la manzana, y advierto que era la primera vez que caminaba con una mujer que sabía mantener el paso del hombre. Dije, por decir algo:

—Ese perfume que usas... me produce una impresión extraña.

—¿Te gusta, querido?

De nuevo el «querido».

—Sí —repliqué—. Se mantiene, ¿no? Apuesto que donde vas queda el rastro.

Equivocó un paso y su pie derecho se acompasó con mi pie izquierdo. Cambié de paso para restablecer la armonía.

—Eres un chico divertido, querido —dijo, dirigiéndome una mirada rápida.

—Sí —confirmé—. Y más loco que una cabra.

Se detuvo frente a una puerta vecina a la entrada de una fonda que permanecía abierta toda la noche. Con dificultad alcancé a ver una placa de bronce a un costado de la puerta. Encendí un fósforo y leí: «Andrée Kersh».

—Demonios —comenté—. ¿Así que pones tu nombre sobre la puerta?

—Naturalmente, querido —rebuscó en la cartera y extrajo una llave—. Cuando vuelvas, quiero que me encuentres fácilmente.

Se me ocurrió que la muchacha bromeaba. La próxima vez que la llamara me recibiría con un garrote.

La seguí por una escalera al vestíbulo del primer piso, más escaleras, dos puertas con chapas de bronce, y luego otra escalera.

Finalmente, se detuvo en un pequeño rellano y abrió una puerta.

—Aquí es, querido —dijo.

Me introduje en el cuarto. Uno de esos habitáculos en los que se abre la puerta y se entra a una habitación, único ambiente del apartamento. Aquí, casi todo el espacio estaba ocupado por una cama de dos plazas. Aquel cuarto era todo cama.

Pasé a su lado y me coloqué del otro lado de la habitación. De ese modo, el lecho me separaba de Blondie. Debo reconocer que la muchacha había trabajado mucho para arreglar el cuarto. Estaba lleno de pequeños artefactos, e incluso algunos de los cuadros que colgaban de las paredes me llamaron la atención.

—Tienes un bonito apartamento, ¿eh? —comenté.

Se quitó el sombrero y soltó sus cabellos rubios. Nos miramos. En realidad no tenía el rostro habitual, duro y cínico, de la buscona profesional. Y hubiera sido muy hermosa si no hubiese tenido la barbilla demasiado puntiaguda. Ese rasgo confería cierta dureza al rostro. De no haber estado una hora con Mardi, creo que aquella mujer de la calle me habría interesado más de la cuenta.

Colgué mi sombrero de un perchero y dirigí una sonrisa a Blondie. La muchacha me había dirigido una mirada escrutadora, y las conclusiones de su examen sin duda me fueron favorables, porque me sonrió con aire invitador.

—¿Te gusto? —preguntó.

A cada lado de la cama, sobre la cabecera, había dos puertas. Antes que pudiera impedírselo, Blondie desapareció por una de ellas.

Me senté sobre el borde de la cama y encendí un cigarrillo. En algún rincón de ese apartamento estaban mis cinco mil dólares, salvo que los hubiera guardado en algún banco. En este último caso, podía despedirme del dinero. Pero a las mujeres de la clase de Blondie les gusta tener el dinero a mano, por lo que supuse que todavía había esperanzas.

Reapareció con su sonrisa más profesional.

Hubiera sido preferible aclarar la situación inmediatamente. De todos modos, de nada valían ahora las lamentaciones.

Se acercó a mí y se sentó sobre el borde de la cama.

—¿Puedes darme el regalo, querido? —preguntó.

Ahora empezaba el baile. Moví la cabeza.

—Estás equivocada, nena —dije—. Los gastos de esta noche corren por tu cuenta.

Dije que no tenía los rasgos duros habituales en las busconas. Bueno, me había equivocado. Y fue una estupidez por mi parte haber creído lo contrario. La sonrisa amable y los ojos seductores desaparecieron, como si los hubieran borrado con una esponja. Su rostro se inmovilizó repentinamente.

—¿Qué quieres decir? —preguntó, y su voz se tornó áspera.

Comprendí que no era una mujer fácil de manejar. Sacudí la ceniza de mi cigarrillo..

—Quiero decir lo siguiente —repuse, mientras me acomodaba para poder levantarme rápidamente en caso de que Blondie entrara en acción. Algo me decía que eso era precisamente lo que haría—. Es mejor que nos presentemos, nena —continué—. Soy Nick Mason.

Por una fracción de segundo perdió el dominio de sí misma, pero logró recuperarlo rápidamente.

—¿No estás achispado, querido? —preguntó.

Había tomado una almohada de la cama, y la apretaba contra su cuerpo.

—Bajemos a la tierra —repliqué—, y empecemos por dejar los «queridos». Me provocan dolor de estómago.

Blondie se incorporó y se dirigió hacia la puerta, donde colgaba una bata. Se la puso rápidamente. Mientras se ajustaba los cordones de la prenda advertí que le temblaban los dedos.

—¿Estás loco? —preguntó—. Sal de aquí.

—No te hagas la tonta —dije sin cambiar de postura—. Esta mañana viniste a mi departamento y me robaste cinco mil dólares. Devuélvemelos y quedamos en paz.

Representó bien su papel. Abrió unos ojos enormes y aun logró echarse a reír..

—¡Estás loco! —exclamó—. Jamás te he visto antes y ni siquiera sé dónde vives.

Me incorporé lentamente.

—Escucha, nena —dije suavemente—, no vas a ninguna parte con ese cuento. Te tengo donde quería, y recuperaré ese dinero aunque para ello deba deshacer este apartamento. Y no te pongas pesada, porque puedo retorcerte el pescuezo con una sola mano. De modo que pórtate bien.

Vaciló durante unos instantes, y luego se encogió de hombros.

—Si lo tomas así —dijo—, será mejor seguirte la corriente.

Casi me echo a reír. La dejé llegar hasta la pequeña cómoda y abrir uno de los cajones, antes de salvar de un salto la cama para arrojarme sobre ella. Le sujeté los brazos a los costados y la aparté del mueble. Me alegré de haber tomado esa precaución. Apenas tuve tiempo de ver la culata de un revólver antes de que Blondie se me viniera encima.

Durante mi carrera de periodista me he metido en lugares bastante feos, y he estado en no pocas casas de dudosa moralidad, pero ésta era la primera vez que debía enfrentarme a una mujer, y lo aclaro para dejar expresa constancia de mi sincera esperanza de que haya sido también la última.

Sé cuidarme cuando entro a un combate de lucha libre con un hombre. Conozco casi todos los trucos a que apelan mis adversarios, y sé cuáles son las respuestas, pero ante un adversario del sexo opuesto me siento indefenso como un recién nacido.

Ahora comprendo que hubiera podido ahorrarme muchas dificultades si le hubiese aplicado un buen directo al estómago. Pero cometí la locura de querer tratarla con suavidad.

Se abalanzó sobre mí con los brazos haciendo molinete como las alas de una hélice, y los ojos centelleantes de furia. Intenté aferrarle los brazos, pero fue inútil. El peso de su cuerpo me golpeó como una bala de cañón, y caí hacia atrás, el cuerpo de Blondie encima del mío. Fui a parar al suelo, entre la cama y la pared. Hermosa posición, sobre todo cuando se tiene un gato montés encima.

Se echó sobre mí, tratando de clavarme las uñas en la garganta. Debía de pesar más de sesenta kilogramos, lo que no es poca cosa cuando se está en una posición tan incómoda como la que yo tenía.

Logré aferrarle las muñecas y, concentrando toda mi fuerza, conseguí alejarla unos pocos centímetros. Imagínense el cuadro. Tendido sobre el suelo, de espaldas, entre la cama y la pared, Blondie encima, sostenida por las muñecas, pero dispuesta a cometer un asesinato a la primera oportunidad.

—Tranquila, hermana —logré decir en un jadeo—. Una verdadera dama no debe conducirse así.

En lugar de responderme, la gata montés me golpeó la cara con su cabeza. Quizá tenía hermosos rizos rubios, pero la cabeza era tan dura como cemento. Posiblemente quedó un poco atontada, pero eso no era nada comparado con lo que sufrió mi cara. Sentí que de mi nariz manaba sangre, y me pareció que me había aflojado algunos dientes.

Empezaba a invadirme la cólera, y, soltando una de sus muñecas, la golpeé en la mandíbula con toda la fuerza posible. El que haya intentado dar un puñetazo en la postura en que yo me encontraba, sabe bien cuán difícil es. De todos modos, logré apartarla un poco, y otro golpe la mandó de espaldas contra el suelo.

Eso me dio tiempo suficiente para sentarme y detener el ataque que me dirigió. Esta vez conseguí aplicarle un buen puñetazo; pero como la alcancé en el hombro, no conseguí dejarla fuera de combate.

Cuando se recuperó, yo estaba ya en pie, y permanecimos uno frente al otro, mirándonos con ojos centelleantes.

—Basta de tonterías —dije—, o lo pasarás mal. Ya te dije...

Imposible hacerle comprender nada. Tomó un espejo de mano que había sobre la cómoda y se vino sobre mí. Maldije aquella cama...; no había espacio para maniobrar. De un golpe hice volar el espejo, y entonces nos trenzamos en un cuerpo a cuerpo que nos hizo rodar sobre la cama. En cierto sentido, aquello me favorecía, porque así podía utilizar mi mayor peso. Le sujeté un brazo; pero antes de que pudiera hacer lo mismo con el otro, me aplicó un puñetazo en el rostro, me golpeó la espinilla con el tacón del zapato y martilló suavemente mi pobre nariz.

Hasta aquel momento, la lucha la había favorecido, y el puñetazo que me aplicara llevaba considerable fuerza.

Fue tan inesperado que le solté el brazo, circunstancia que Blondie aprovechó para alejarse rodando hacia el otro extremo del lecho. Pero logré echar mano de un pedazo de bata, y al tirar le hice perder el equilibrio y cayó de nuevo sobre la cama.

Ahora no pensaba cometer los mismos errores del principio. Le doblé el brazo sobre la espalda y la tiré boca abajo, sobre la cama. Descargué todo mi peso sobre la cintura de Blondie y apliqué un poco de presión al brazo. Blondie profirió un grito, y entonces aflojé un poco.

—Pórtate bien —le dije, mientras contemplaba la sangre de mi nariz, que caía sobre los hombros de Blondie—. Si te resistes, te arrancaré el brazo, y con él te golpearé hasta matarte.

Empezó a insultarme. Dudo que un estibador hubiera podido superar su vocabulario. Apreté un poco más, y se calló. Luego, sosteniéndola con una mano, con la otra desprendí el cordón de la bata y procuré atarle las manos.

Ella sabía muy bien que tan pronto como la maniatara estaría perdida, de manera que apeló a todas sus fuerzas. Me vi obligado a interrumpir mi trabajo para contenerla. Era inútil tratar de atarla mientras se moviera de esa manera, de modo que esperé unos instantes. Pero apenas comenzaba a pasarle la cuerda, renovaba sus esfuerzos. La cosa me estaba cansando, de modo que la solté y me aparté un poco.

Se volvió y comenzó a sentarse. Eso era precisamente lo que esperaba. Tan pronto levantó la cabeza, cerré el puño izquierdo y lo conecté con su mandíbula. No apliqué fuerza..., no era necesario.

Sus ojos perdieron toda expresión, y se desplomó sin sentido. Me incliné sobre ella, jadeante. Blondie me había obligado a pelear como no lo hacia desde muchos años antes. Levanté el cordón de la bata y le até las manos a la espalda. Luego recogí los restos de sus medias y le sujeté los tobillos. Después de asegurarme de que los nudos aguantarían, la cubrí con una sábana.

Finalmente, me dirigí al cuarto de baño y contemplé mi rostro en el espejo del lavabo. Sonreí dolorosamente. Tenía el aspecto de haber intervenido en una trifulca de marca mayor. La nariz me sangraba un poco, y el ojo estaba empezando a hincharse. Abrí uno de los grifos y comencé a lavarme la cara. Cuando terminé, regresé al dormitorio. Blondie continuaba desmayada.

Encendí un cigarrillo y me senté. Sentía las rodillas un poco temblorosas. Me había costado trabajo, y me alegraba verla indefensa. El mozo del Hotcha Club había dicho que era brava, pero la había subestimado. ¿Brava? Era para reírse. Ante ella, el propio Jack el Destripador habría emprendido la huida.

No pensaba registrar el apartamento antes de haber conversado con la muchacha. Maniatada, quizá se mostrara razonable. Además, es el único modo de conversar con mujeres como Blondie.

Había fumado la mitad de mi cigarrillo, cuando comenzó a volver en sí. La observé con interés. Abrió los ojos, pestañeó y volvió a cerrarlos. Movió nerviosamente la cabeza sobre la almohada. Parecía como si la cama hubiera sido conmovida por un terremoto; pero no estaba dispuesto a mimar a una niña como ella.

De pronto recuperó su plena conciencia, y trató de sentarse. La mirada que me dirigió hubiera perforado una lámina de acero. Le sonreí amablemente.

—Lamento haberte tratado con rudeza —dije—. Pero te lo buscaste.

Comenzó a insultarme nuevamente. Bueno, los insultos no hacen daño; pero después de escucharla un minuto entero, sentí que me subía la presión. Esa mujer tenía la boca más sucia que había conocido en toda mi vida. Me acerqué a la cama y le apliqué una almohada sobre la boca. Después de unos segundos, la retiré.

—Basta de palabrotas —dije con firmeza—, o te asfixio.

Se calló, pero su mirada sostenía una expresión colérica, y contorsionaba el cuerpo pugnando por desasirse de las ligaduras. Eso no me preocupaba. Sé hacer un nudo, y, además, si se desataba, siempre podía sujetarla nuevamente. No estaba dispuesto a emplear paños tibios con tal dama..., porque era realmente peligrosa.

Me senté sobre la cama, al lado de Blondie.

—Ahora, vamos a conversar —dije—. Si no escupes todo lo que sabes, lo pasarás muy mal. Hasta ahora te he tratado bastante bien; pero una buscona como tú merece lo peor, y yo me encargaré de que recibas tu merecido.

—Quédese quieto, Mason —dijo una voz desde la puerta.

Miré rápidamente por encima del hombro.

Earl Katz se hallaba parado en el umbral. En una mano sostenía una automática de cañón azul, y el arma apuntaba directamente a mi pecho.

6

¿Me sentía sorprendido? ¡Vaya si lo estaba! ¿Qué diablos estaba haciendo allí Earl Katz? ¿Qué relación tenía con la muchacha de Vessi?

No estaba dispuesto a dejarle ver que me había sorprendido. Le dirigí una sonrisa.

—¿Siempre jugando al billar, chico? —dije—. Y hablando de billar, ¿conoces el cuento del sujeto que...?

—Termine, Mason —dijo Katz, hablando por un lado de la boca.

Ahí tienen otra cosa que me encanta. Esos tipos que han visto tantas películas de pistoleros solamente pueden hablar por un lado, porque creen que es lo correcto.

—Desátela —me ordenó.

Negué con la cabeza.

—Usted está loco —dije—. No sabe lo que dice. Si la desato, nos matará.

La automática se movió peligrosamente.

—Escuche, hombre sabio —dijo Katz—: No conseguirá nada con ese teatro. Desátela, y con rapidez.

Ackie había dicho que Katz era tan peligroso como una víbora venenosa. Ahora que le veía en acción, me inclinaba a creer que Ackie tenía razón. Había perdido completamente su expresión ingenua. Sus ojos tenían una expresión fría y maligna, y me pareció que no le hubiera desagradado matarme. Además, cuando un individuo está armado no me gusta discutir mucho. Las pistolas, sobre todo, me ponen nervioso.

—Vuélvete, encanto —ordené a Blondie.

No quería pensar en el instante en que la rubia tuviera las manos libres. La mirada que me dirigió me convenció de que no se avecinaba precisamente un encuentro amoroso.

Le desaté las manos y me aparté rápidamente. Prefería vérmelas con la pistola de Katz que con las uñas de Blondie.

La muchacha se sentó sobre la cama y comenzó a frotarse las muñecas.

—Dame una bata —rezongó, dirigiéndose a Katz. Sin quitarme los ojos de encima, el pistolero alcanzó una bata del gancho clavado en la puerta y se la arrojó a Blondie. La muchacha se cubrió el cuerpo y bajó del lecho. Tenía un aspecto impresionante. La sangre de mi herida en la nariz le había ensuciado los hombros y el cuello, y en el mentón había una fea mancha azulada. Los brazos estaban cubiertos con las huellas de mis dedos, y el puñetazo sobre el hombro estaba adquiriendo una coloración roja y verde.

Entró en el cuarto de baño y cerró la puerta. Oí el ruido del agua.

—Siéntese —ordenó Katz, moviendo la pistola.

Me senté sobre la cama.

—¿Qué le parece —dije— si guarda esa pistola y se tranquiliza? Se trata de un asunto privado entre Blondie y yo... No es necesario que intervenga ningún extraño.

—Usted habla demasiado —observó Katz—. Cállese la boca. Yo haré las preguntas, y usted se limitará a contestar... ¿Entendido?

Me encogí de hombros.

—¿Qué vino a hacer aquí? —preguntó.

—Eso es fácil de contestar —repliqué, sonriendo—. ¿Para qué demonios viene un hombre aquí?

Katz se echó atrás el sombrero y se recostó contra la pared. Metió el índice y el pulgar de la mano en el bolsillo del chaleco y extrajo un mondadientes. Se lo introdujo en la boca y comenzó a mordiscarlo pensativamente.

—Si no quiere hablar claro —dijo—, será peor de lo que se imagina.

—No sea niño, Katz —dije—. Usted no puede hacerme nada. Si me molesta, le haré tal publicidad que se verá obligado a salir de la ciudad.

Katz no pareció conmoverse.

—Usted está acabado —dijo—. No tiene ninguna influencia. ¿Por qué no se muestra razonable y habla? ¿Qué vino a hacer aquí?

Se abrió la puerta del baño y apareció Blondie. Se había arreglado bastante bien y había vuelto a ser ella misma. Pero sus ojos todavía despedían peligrosos reflejos.

—Creo que me marcho —dije, encogiéndome de hombros.

—Siéntese —ordenó Katz.

Su voz tenía acentos amenazadores.

—No tiene objeto que me quede —dije—. Me marcho.

Katz se desplazó un poco, de modo que cubrió la salida con la espalda.

—No se haga el rebelde —advirtió—. No quiero dispararle todavía; pero si me apura, lo haré.

—Es mejor que se aparte de mi camino —dije. Aquel pistolero me estaba haciendo perder la paciencia. Calculaba, además, que lo pensaría dos veces antes de usar el arma. Después de todo, las pistolas hacen mucho ruido.

Quizá Katz hizo una señal a Blondie, o la muchacha actuó por propia iniciativa. Por mi parte, tenía la vista fija en la pistola y estaba decidiendo si me convenía o no saltar sobre Katz. Por un instante no presté atención a Blondie. Bueno, merecí lo que me vino encima, porque ya sabía que la dama era veneno...

Algo duro y pesado me golpeó sobre un lado de la cabeza y caí de rodillas. La habitación giró a mi alrededor, y las luces comenzaron a titilar.

Como en sueños oí que Katz decía:

—No le pegues más... Quiero hablar con este pájaro.

Alguien me retorció los brazos a la espalda y me ató las manos con un trapo húmedo y frío. Me sentí arrojado sobre la cama. Empezó a aclarárseme la cabeza y traté de sentarme, pero entre las sombras emergió una mano que se aplastó sobre mi cara y me obligó a acostarme nuevamente. Permanecí inmóvil, hasta que logré ver con claridad. Entonces levanté cautelosamente la cabeza y los miré. Estaban a los pies de la cama, vigilándome.

Blondie tenía los brazos cruzados sobre el pecho. Su rostro ostentaba una expresión indiferente, pero sus ojos ardían. Katz masticaba el mondadientes y sostenía la automática.

Sin separar los ojos de mí, preguntó a Blondie:

—¿De qué se trata?

—Está loco. Vino aquí diciendo que le había quitado cinco mil dólares.

Katz se encogió de hombros.

—Bueno, ¿acaso no es cierto? —dio la vuelta a la cama y se sentó a mi lado—. Escuche, amigo —continuó—: Le diré algo..., y después hablará usted. Es cierto que tenemos su dinero. Blondie se lo robó, exactamente como usted piensa...

Blondie hizo un gesto.

—¡Qué demonios...! —empezó.

Katz volvió la cabeza hacia ella.

—Cállate —ordenó—. Yo manejaré este asunto. Quiero que sepa dónde se mete —volvió a clavar sus ojos fríos en mi rostro—. Le estamos vigilando desde hace tiempo. Usted acudió a la ejecución de Vessi, ¿no es así?

—Y eso ¿qué? —repliqué.

Se me había ocurrido que si aquel tipo soltaba la lengua podría enterarme de algo interesante.

—Queremos saber quién le mandó... Entiéndalo bien, no nos interesa usted... Sólo deseamos el nombre del que paga. ¿Comprende?

Miré a Blondie. Ahora empezaba a comprender algunas cosas.

—Creía que usted era amiga de Vessi —dije—. Veo que estaba equivocado. A Vessi le cargaron un delito que no cometió. Este individuo no era amigo de Vessi. ¿Por qué trabaja a favor de esta gente?

—Eso no le importa —dijo Blondie con brusquedad—. Quién le mandó esos cinco mil... Eso es lo que interesa.

—No puedo decirles nada —repliqué—. Yo tampoco lo sé. Recibí una nota en la que me ofrecían cinco mil para denunciar el fraude en el proceso de Vessi, y me interesó. Fui a presenciar la ejecución de Vessi... No me enteré de nada importante, y entretanto llegó el dinero. Finalmente, usted lo robó. Eso es todo lo que sé.

No les dije que recibía mis instrucciones por teléfono, porque no deseaba que supieran que se trataba de una mujer. Como estaban las cosas, les había ofrecido prácticamente lo que ya sabían.

Katz se rascó la barbilla con el mondadientes.

—¿Eso es todo? —preguntó.

Asentí.

—¿Qué diablos te pasa, Earl? —intervino Blondie—. ¿Por qué no le aplicas el tratamiento? Nada conseguirás tratándole suavemente.

Magnífica muchacha. Veneno puro.

—¿Qué más quieren que les diga? —intervine rápidamente—. No puedo decirles lo que no sé.

Katz continuaba rascándose la barbilla con el mondadientes. Mantenía la vista clavada en mi rostro, y puedo asegurar que la situación no me resultaba agradable. Este sujeto era tan duro como Blondie, sólo que de un modo diferente. No gastaba inútilmente sus energías. Cuando empezaba algo, estaba dispuesto a terminarlo.

—Muy bien —dijo finalmente—. Dejemos así las cosas. Mejor que se vaya inmediatamente de aquí. No recuperará sus cinco mil, y es mejor que no acuda a la policía..., ¿entendido?

Blondie intervino nuevamente.

—Estás loco —afirmó—. Mira lo que ha hecho este tipo en mi apartamento. ¿Piensas dejarlo marchar tranquilamente?

Un relámpago de cólera iluminó los ojos de Katz.

—Mira, nena —dijo—: Yo doy aquí las órdenes... De modo que cállate de una vez.

Blondie se apartó, se encogió de hombros y entró en el cuarto de baño. Katz la miró mientras se alejaba, y luego se volvió hacia mí.

—Está contra usted —afirmó—. Así que cuídese de ella..., porque cuando está contra alguien es peligrosa.

Con un esfuerzo, me senté.

—Si me quita estas ligaduras, me marcho.

Me miró pensativamente.

—En su lugar, no intentaría ninguna cosa rara.

—No se preocupe —contesté, sonriendo—. Nunca me meto en líos.

Me desató las manos y se apartó inmediatamente. Katz era un tipo cauteloso, pero mi única preocupación era salir cuanto antes del apartamento. Aunque tuvieran mis cinco mil dólares, no pensaba arriesgar el pellejo para recuperarlos. Después de todo, nunca los había tenido realmente; de modo que no perdí nada.

Apoyé los pies sobre el suelo, y me froté suavemente las muñecas.

Katz se recostó contra la cómoda. En la mano derecha tenía la automática, pero ahora apuntaba ligeramente al suelo.

—Aproveche mi consejo, amigo —dijo, mirándome con los párpados entornados—. Deje quieto este asunto de Vessi... No es bueno para la salud. No queremos causarle problemas. Conocemos su prontuario. Los muchachos no tienen nada contra usted. Por mi parte, le recomiendo que siga portándose bien.

Levanté la cabeza y le mire.

—¿Qué quiere decir con eso?

—Olvídese de Vessi y siga escribiendo sus cosas. Olvídese de todo y de que me conoce. Tampoco vuelva más por aquí.

—Si no sigo su consejo, ¿qué pasará?

—Bueno, pueden pasar muchas cosas. Los jefes son gente importante. Podrían ponerle en un aprieto y obligarle a salir de la ciudad. Cosas peores, también. Sí, le conviene cuidarse.

—Veo que lo han previsto todo —comenté, rascándome la cabeza—. Bueno, pensaré todo lo que me dijo —me incorporé y busqué mi sombrero. Estaba al lado de la puerta, completamente aplastado. Lo sacudí y le devolví la forma—. Salude a Blondie de mi parte... Creo que es mejor que me vaya antes de que vuelva.

Katz apretó los labios. Al parecer, no apreciaba mi sentido del humor.

—Seguro —dijo—. Le diré que se marchó usted.

Abrí la puerta y salí al descansillo de la escalera.

—Hasta otro día —dije, y cerré la puerta.

Ante todo, necesitaba beber. Me dolía infernalmente la nariz, y el ojo empezaba a cerrarse. Se me ocurrió que un trago fuerte me devolvería el ánimo.

Cuando llegué a la calle, me dirigí rápidamente hacia la esquina, ocupé un taxi y ordené que me condujera hasta un bar cercano a mi apartamento.

Me alegré de que el bar estuviera desierto. El encargado me examinó atentamente, pero no dijo nada. Después del segundo whisky me sentí mejor. Pedí un tercero, pero lo bebí más lentamente.

Tenía los labios doloridos. Encendí un cigarrillo y conseguí fumarlo sin demasiados inconvenientes. Después de la experiencia sufrida, estaba resuelto a no pelear más con mujeres.

No había recuperado mis cinco mil, pero había aprendido mucho. Al parecer, Vessi había sido traicionado en toda la línea. Si la amiga se había pasado al otro bando, era poco probable que aquél hubiera tenido la menor posibilidad. Se daba por descontado que el crimen se había cometido a causa de Blondie. Posiblemente le habían dado dinero suficiente como para taparle la boca. Convenía no perder de vista ese aspecto del problema. Otro pensamiento me asaltó. ¿En qué me estaba metiendo? Ese tipo de Katz era peligroso, y detrás de él había una banda más peligrosa aún. ¿Valía la pena continuar? Hasta ahora, ¿qué beneficios había sacado? Me palpé pensativamente la nariz y el ojo.

A menos que muy pronto descubriera algo que aclarara el caso, me vería con dificultades. Pedí otro whisky. ¿Y si abandonaba la investigación? Desaparecería todo peligro, y volvería a mi vida feliz de siempre.

Resolví definitivamente volver a casa y olvidarme de todo. De pronto, me asaltó la imagen de Mardi. Me hacía bien pensar en ella. Era mi ideal de mujer. Lo tenía todo. Me prometí invitarla a almorzar al día siguiente.

Pocos minutos después estaba en mi apartamento. En el momento de entrar, comenzó a sonar el timbre del teléfono. Vacilé antes de descolgar el receptor. El whisky me había levantado el espíritu, y aquella noche no quería más problemas. De todos modos, resolví atender la llamada.

—¿Nick Mason?

Otra vez la mujer del teléfono. Me senté sobre el borde de la mesa.

—Sí —dije.

—Le mandé...

—Ya lo sé —la interrumpí—. He pasado unos momentos maravillosos desde que usted me mandó esos cinco mil dólares. No sabe en qué embrollos me ha metido, nena. En primer lugar, la antigua amiga de Vessi me robó los cinco mil. Luego, fui a verla, y tuvimos un encuentro que me dejó bastante maltrecho. Finalmente, Katz, el pistolero de Spencer, apareció con su arma y me dijo que abandonara el caso, o de lo contrario...

Sonreí ligeramente al advertir el súbito silencio al otro lado de la línea. Me pareció que ahora tenía bastante en qué pensar.

—Y para concluir, nena, hemos terminado... No me interesa el asunto; de modo que olvídese de mí, ¿quiere?

—¿Así que ya no está interesado?

Su voz era muy fría.

—Por primera vez creo que ha comprendido —dije.

Se produjo una breve pausa; luego dijo:

—Ya verá cómo le interesa, señor Mason. Créame: no tardando mucho, se sentirá muy interesado.

Y colgó.

Y nada más.

7

Lo primero que hice cuando me desperté fue inspeccionar los daños que el dinamismo de Blondie había provocado en mi rostro. Tenía un aspecto impresionante. Mi nariz era el doble del tamaño normal, y mi ojo derecho estaba cerrado. Parecía como si Joe Louis hubiera estado trabajando sobre mi rostro.

Regresé al lecho, enojado. Con la cara en ese estado, quedaba eliminada toda posibilidad de llevar a Mardi a comer. Mi causa no progresaría mucho con aquel aspecto.

Encendí un cigarrillo y reflexioné sobre mis problemas. Si Mardi y yo nos casábamos, poco me importaría tener, no uno, sino dos ojos negros. En realidad, en ese caso la tendría a mi lado, atendiéndome y mimándome. Apenas ese pensamiento se acomodó en mi cerebro, me incorporé de un salto. Estaba loco. ¡Yo, casado! Era para echarse a reír. Yo, el que se burlaba de quienes caían en el lazo matrimonial. Atarme a una mujer por el resto de mis días era precisamente el error que me había prometido no cometer. Y ahora estaba allí, tendido sobre la cama, y me complacía pensando lo hermoso que sería.

Salté de la cama y me serví un vaso de licor. Me dije que era conveniente practicar un poco de ejercicio. Estaba perdiendo mi dinamismo.

Acababa de ducharme, cuando sonó el timbre de la puerta. Me cubrí apresuradamente con la bata y acudí a abrir.

Allí estaba Ackie; en su rostro había una expresión excitada.

—Hola —dijo, empujándome para abrirse paso hacia el interior del apartamento.

Sus ojos localizaron la botella de whisky sobre el borde de la chimenea. Se dirigió hacia ella, sin tomar aliento, la vació hasta la mitad.

—Termínala —dije secamente desde la puerta—. No necesitas preocuparte por mí.

Ackie movió la cabeza y devolvió la botella a su lugar.

—Nunca bebo por la mañana —dijo—. Lástima..., no es mal licor.

—Ven al dormitorio, mientras termino de vestirme —dije.

Me siguió y se sentó sobre la cama.

—Tengo un trabajo que... —interrumpió la frase y me miró, asombrado—. ¿Qué te pasó?

Me encogí de hombros.

—Una peleíta anoche —dije con aire indiferente.

No podía revelarle a Ackie que mi contrincante había sido una mujer. ¡Ni por asomo! Los muchachos aprovecharían para tomarme el pelo hasta el fin de mis días.

Ackie seguía mirándome, asombrado.

—¡Vaya! —dijo—. De modo que ahora eres un hombre de acción, ¿eh?

—Tendrías que haber visto cómo quedaron los otros —dije, mientras anudaba cuidadosamente mi corbata frente al espejo—. Tres matones se me vinieron encima, y...

—Comprendo..., comprendo... —sonrió Ackie—. Y los derribaste a los tres. ¡Vaya! No es necesario que me lo cuentes.

—No pienso perder tiempo contándotelo si no me crees.

—Muy bien; no me lo cuentes, porque no pienso creerte.

Metí las piernas en los pantalones.

—Y volviendo al tema, ¿a qué obedece tu visita? Ackie se enderezó, como si de pronto hubiera recordado algo muy urgente.

—Sí —dijo—. Tengo algo para ti. ¿Te gustaría ganarte cien dólares?

Me arreglé el cabello y me puse la americana. Que Ackie ofreciera a otro la oportunidad de ganar cien dólares era algo que yo no habría imaginado jamás.

—¿Qué debo hacer?

—¿Conoces al coronel Kennedy?

Volví el rostro y miré con suspicacia a Ackie. Pero su rostro expresaba total inocencia.

—No necesitas preguntar eso. Sabes muy bien que le conozco.

—Eres bastante amigo de él, ¿no es cierto?

—Vamos, vamos —le apremié—; ¿de qué se trata? ¿Y qué tiene que ver Kennedy en el asunto?

—Escucha, Nick: estamos en un lío. Necesitamos ver a Kennedy y conversar con él.

Me pareció que allí había gato encerrado. Me senté sobre la mesa.

—¿Y por qué acudes a mí?

—Bueno —replicó Ackie—. No es fácil entrevistar a este hombre, ¿comprendes? No recibe a nadie. Y pensamos que aceptaría hablar contigo.

Mi instinto me dijo que allí había algo interesante desde el punto de vista periodístico. El coronel Kennedy era un hombre tan rico que nunca terminaba de contar el dinero de que disponía. El tipo de hombre que tira un par de millones sin que el gerente del banco empiece a hablar tonterías.

Hacía algún tiempo le había ayudado a resolver cierto problema. Disputaba una regata en la cual el primer premio era una copa de níquel. De haber querido, hubiera podido comprarse toda la fábrica de copas. Pero no: tenía que salir con su yate en medio del mar agitado para tratar de conquistarla. Poco antes de que se iniciara la carrera, el piloto de su nave se fracturó un brazo. Kennedy estaba desesperado, pues creía que se le escapaba el premio. Bueno, yo andaba por ahí y me ofrecí para pilotarle la embarcación. De un modo u otro, logramos ocupar el primer puesto, y me quedó eternamente agradecido.

Haber hecho un favor a Kennedy no era poca cosa. Durante el primer mes me abrumó a regalos. Después de cuatro semanas no pude aguantar más, me mudé de apartamento y no informé al coronel de mi nueva dirección. Y ahora, Ackie pretendía que renovara el contacto con el efusivo deportista.

—Será mejor que me lo cuentes todo —dije—. De lo contrario, no haré nada.

Ackie lanzó un gemido.

—Escucha, chico —dijo ansiosamente—: Tenemos que actuar rápidamente. ¿Por qué no vienes conmigo y te lo cuento por el camino?

—¿Adónde quieres que vayamos?

—A la residencia de descanso del coronel. Ya sabes dónde es.

Sabía que Kennedy tenía un retiro entre las montañas, adonde solía ir cuando deseaba apartarse de la gente. Estaba a sesenta o setenta millas de la ciudad. Nunca había estado allí, pero había oído hablar mucho de esa propiedad. Yo era demasiado periodista para perder tiempo hablando, de modo que tomé mi sombrero y el frasco con el resto de whisky y bajé con Ackie. En la calle esperaba un gran Packard, y dos de los muchachos estaban sentados en la parte delantera. Uno de ellos tenía una cámara fotográfica. Me dirigieron una amable sonrisa cuando subí al coche con Ackie.

El coche arrancó, y yo encendí un cigarrillo. El vehículo ofrecía abundante espacio, y los asientos parecían de primera.

—Parece que prosperan —dije, aludiendo al automóvil.

—Auto oficial —dijo Ackie—. Esto es importante, Nick. El patrón en persona me ordenó que viniera a buscarte.

—Bueno, empieza a explicar.

Ackie pareció preocupado.

—En el fondo, sabemos muy poco —dijo—. Parece que una de las sirvientas de la casa telefoneó a la policía alrededor del mediodía, informando que había oído un disparo en la planta baja. Se sentía demasiado atemorizada como para bajar a investigar. Jamás nos habríamos enterado del asunto, pero uno de nuestros muchachos estaba al lado del conmutador policial. El caso es que avisó al encargado nocturno de nuestro diario. ¡Bien! —continuó Ackie—. Enviaron a Hackenschmidt, pero no consiguió nada. Telefoneó pidiendo ayuda, y le mandamos un vagón entero de colaboradores. Posiblemente contaban con la generosidad bien conocida de Kennedy, y esperaban beber gratis y de lo bueno. Pero Kennedy no se dejó ver. Le telefoneamos y contesta; pero apenas comenzamos a hacer preguntas, interrumpe la comunicación. El patrón empezó a ponerse nervioso, porque Kennedy siempre es importante, y me mandó venir. Perdí tiempo tratando de entrar, pero no pasé del portal. El patrón me dijo entonces que fuera a verte..., y rápidamente.

Me froté con suavidad la nariz.

—¿Qué dice la policía?

—Kennedy los engatusó —replicó Ackie, encogiéndose de hombros—. Afirman que la criada está loca y que no hay nada.

—Vaya dolor de cabeza si es verdad —dije, echándome a reír.

Ackie movió la cabeza.

—Hay algo raro en todo esto, algo que podría servir para la primera plana. Y el jefe está dispuesto a pagarte cien dólares si averiguas de qué se trata.

¡Cien dólares! ¡Era para reírse! Si conseguía entrar y descubría algo interesante, el *Globe* tendría que pagar bastante más de cien dólares.

—Quizá fracase, lo mismo que vosotros —observe.

—Es necesario que entres —insistió Ackie—. Es absolutamente necesario. A esta hora el patrón ya debe de estar masticando la alfombra. Tienes que hacer todo lo posible.

Esas situaciones me hacen feliz. Que un gran diario venga a rogarme que haga esto o aquello. Porque entonces corre el dinero, y en abundancia.

—Muy bien —repliqué, mientras sacaba el whisky del bolsillo.

Ackie le clavó los ojos. Pero no le dejé mucho.

Recorrimos la distancia en menos de cincuenta minutos, a más de noventa por hora. Me alegré cuando llegamos al final del viaje. No es bueno viajar a esa velocidad con el estómago vacío.

Kennedy tenía una magnífica propiedad, de eso no cabía duda alguna. La casa quedaba oculta a los ojos de los que pasaban por el camino gracias a una hilera de árboles gigantes. El paisaje era agreste y boscoso. No lejos corría un río de aguas cristalinas, que seguía una línea sinuosa entre los arboles frondosos.

Era precisamente el tipo de propiedad que habría comprado para mí si hubiese tenido el dinero suficiente. Un lugar ideal para que Mardi y yo fuéramos felices. Aun en medio de mi actividad profesional, no podía dejar de pensar en aquella muchacha.

Salimos del coche y comenzamos a recorrer el estrecho sendero entre los árboles, en dirección a la casa. Apenas habíamos avanzado unos metros, cuando oímos voces.

—Los muchachos acamparon por aquí —dijo Ackie, sonriendo.

Tenía razón. Doblamos un recodo del sendero y nos encontramos entre los muchachos, frente a la casa. Había ocho o nueve periodistas, que caminaban alrededor de la casa, vigilaban las ventanas, fumaban y conversaban.

Cuando nos vieron, se acercaron rápidamente.

Barry Hughson me dirigió un irónico saludo.

—Hola —dijo—. ¿De nuevo entre nosotros?

Ackie le reprendió severamente.

—El viejo mandó llamarle. De modo que cuidado con lo que dices... Este hombre es importante.

Hughson empezó a decir algo, pero se contuvo. Sin duda creyó más conveniente interrumpir sus inoportunas bromas.

—No se ve un alma —comentó—. Tenemos rodeado el lugar, y hemos intentado entrar; pero, a menos que rompamos una ventana, es inútil seguir esperando.

—¿Estás loco? —pregunté—. El coronel los asará vivos. ¿Se creen que esto es un juego?

Hughson se encogió de hombros.

—Necesitamos saber qué pasa —explicó—. La policía no había...; algo sucede ahí dentro, y nuestro público quiere saber de qué se trata.

Todos nos echamos a reír al oír sus palabras.

—Escucha, Nick —dijo Ackie con voz tensa—. Haz la prueba. Entra y procura averiguar qué pasa... Luego, si puedes, persuade al coronel para que permita entrar a los muchachos... Dile que la noticia nos interesa. ¡Necesitamos verle!

Si podía entrar, ciertamente me pondría del lado de Kennedy. No me gustaba el periodismo sensacionalista. Siempre estaba a la pesca de algún asunto interesante; pero el método de Ackie y su gente no me interesaba.

—Retira a tus hombres —dije a Hughson—. No entraré si hay una muchedumbre a la vista.

Estaban tan ansiosos de enterarse, que se hubieran tirado al río de habérselo pedido.

Cuando todos hubieron desaparecido, me dirigí hacia la puerta principal. Arranqué una hoja de mi libreta de notas y escribí sobre ella:

Quizá consiga sacarle bien de esto.

NICK MASON

Toqué el timbre y pasé la hoja por el buzón.

Permanecí allí, esperando. Esperé tanto, que creí que mi misión había fracasado. De pronto se me ocurrió que posiblemente Kennedy no confiaba en que en realidad fuera yo el autor de la nota; de manera que me alejé de la puerta para que pudiera verme.

Dio resultado. Salió a recibirme personalmente. Esperaba encontrarle muy encolerizado. Sabía que su temperamento, una vez irritado, era siempre de temer.

—Entre rápidamente —dijo, apenas me acerqué. Pasé al interior del vestíbulo, y Kennedy cerró la puerta con llave y cerrojo.

—Me alegra muchísimo verle —dijo, estrechándome la mano—. ¿Dónde demonios ha estado todo este tiempo?

Le sonreí con simpatía.

—Dejemos eso por el momento, coronel. Me parece que usted se encuentra en una situación bastante complicada.

—¿Complicada? —en realidad, el hombre parecía mortalmente preocupado—. Estoy sentado sobre dinamita. Escuche, Mason: ¿está dispuesto a ayudarme de nuevo?

—Naturalmente —repliqué—. Por eso vine.

—Entre y tome una copa —dijo, conduciéndome a una habitación larga y baja con una gran chimenea vacía a uno de los lados.

Contemplé el lugar con admiración.

—Hermoso lugar —dije.

El coronel estaba atareado en la preparación de las bebidas.

—¿Cómo se enteró de la existencia de esta casa? —preguntó.

—El *Globe* sabía que nos unía cierta amistad, y consideraron oportuno enviarme para que descubriera qué pasa aquí —expliqué, mientras recibía el vaso que me ofrecía—. Se imaginaron que usted no se negaría a hablar conmigo.

Durante una fracción de segundo me miró con dureza, y luego sonrió.

—Entonces, ¿decidió venir para engañarlos?

—Naturalmente —asentí—. Para eso vine.

El whisky tenía excelente sabor y me produjo una agradable sensación de bienestar.

Se acomodó en un gran sillón y se pasó la mano por los cabellos. Era un hombre de aspecto distinguido, de rostro grande y carnoso y ojos agradables. Yo sabía que andaba cerca de los cincuenta, pero se mantenía fuerte y duro como un roble. Me indicó otro sillón.

—Siéntese, Mason, y dígame cómo piensa sacarme de este lío.

Me senté sobre la mesa para poder contemplarle con más comodidad.

—Es mejor que empiece usted —dije—. Necesito saber de qué se trata. Solamente me dijeron que hubo un disparo y que vino la policía. Después de un rato se marcharon, dijeron a la prensa que no había novedades y que eso era todo. Si la policía quedó satisfecha, supongo que no habrá por qué preocuparse. No se le acusa de nada, ¿verdad, Coronel?

Kennedy bebió un largo sorbo de licor.

—Es peor que eso —explicó—. Se trata de una mujer.

Disimulé una sonrisa. El coronel era un buen tipo, pero se había aficionado mucho a las mujeres. No hacía gran cosa por atraerlas. Se limitaba a esperar y a sonreír, y acudían en tropel.

—¡Vaya! —comenté.

Todavía no deseaba aventurar ningún comentario.

Acabó su copa, y a través de la ventana contempló con fastidio a los muchachos, que retozaban a unos cien metros de la casa. Decidí que era mejor no apurarle.

—Usted comprende cómo son esas cosas —comenzó, los ojos fijos en el paisaje de los árboles.

—Claro que sí —dije, con intención de alentarle.

—Deseaba intensamente relacionarme con esta mujer —dijo—. Es una persona de cierto relieve. Si algo se sabe habrá un escándalo de grandes proporciones, y ni ella ni yo podemos permitirnos ese lujo.

Llené de nuevo los dos vasos. Los vicios de la clase superior siempre atrajeron mi atención. Poseo suficiente cantidad de complejos de inferioridad ante los ricos, y eso me lleva a pensar que sus vicios son mucho más interesantes que los míos. Digo que son complejos, porque, aunque he consagrado mucha reflexión al problema, nunca alcancé a imaginar en qué se diferencian de lo que yo hago. Pero esto último se debe probablemente a que carezco de imaginación.

—Necesito sacarla de aquí, y no sé cómo demonios lo conseguiré.

Casi vuelco el vaso.

—¿Quiere decir que todavía está aquí? —pregunté.

Giró la cabeza y me miró.

—Naturalmente —replicó, y su temperamento colérico estuvo a punto de dominarle—. ¿Por qué se cree que estoy sentado aquí y permito que esos tipos se burlen de mí?

—Muy bien, coronel —dije—. No le había comprendido. El problema consiste en sacar a la dama sin que los muchachos la vean, ¿no es así?

Kennedy asintió.

—¿Cree que podrá hacerlo? —preguntó.

Reflexioné durante unos instantes, y luego dije:

—Sí, lo creo posible. Los muchachos quieren conversar con usted. Por ahora no saben que hay una mujer aquí. Usted debe recibirlos, y mientras los entretiene, yo haré salir a la dama por la puerta trasera.

Kennedy permaneció silencioso. Comprendí que la idea no le agradaba mucho, y no era difícil imaginar por qué.

—No debe preocuparse por mí, coronel —continué—. No suelo traficar con los amigos.

Levantó los ojos y me miró.

—No..., no estaba pensando en eso. Yo..., bueno, creo que ella no aceptará que usted sepa quién es.

—Entre usted y yo —comenté—, la dama es un tanto difícil, ¿eh?

Kennedy asintió.

—Está loca —dijo—. Maldita sea, anoche me apuntó con un revólver.

—¿Y hubo algún disparo?

Kennedy vaciló.

—Sí —dijo finalmente—. Hubo un equívoco. La dama tiene un temperamento colérico y el revólver se disparó.

No pude evitarlo. Me eché a reír. Todo aquello me parecía sumamente divertido.

—¿De modo que no consiguió seducirla, coronel? —pregunté.

Durante un segundo me pareció que iba a perder los estribos, pero luego sonrió de mala gana.

—Por lo que más quiera, guarde reserva —imploró—. Sí, creo que fue como usted dice.

Me bajé de la mesa.

—Le sugiero que vaya a explicar nuestro plan a su amiga. Es preciso apresurarse, porque los muchachos ya deben de sentirse nerviosos.

Se incorporó; su rostro mostraba una expresión preocupada.

—Ojalá escuche razones —dijo.

Parecía un escolar al que van a reprender. Finalmente, salió de la habitación.

Esperé unos segundos, y cuando estuve seguro de que había subido a la planta alta, me acerqué de puntillas hasta el pie de la escalera y agucé el oído.

Oí la voz de Kennedy. En voz baja explicaba el proyecto. Se entendían palabras sueltas. Luego, un momento de silencio, y la voz de una mujer.

—Muy bien, si usted cree que no hay riesgos.

Pero no me impresionó el sentido de las palabras, sino la voz misma. Yo conocía aquella voz, con sus matices duros, fríos, metálicos.

La amiga del coronel Kennedy era la mujer que me había llamado dos veces. La mujer que me enviara cinco mil dólares.

Lentamente, de puntillas, retrocedí hacia el cuarto donde Kennedy y yo habíamos estado bebiendo.

8

Pasaron cinco minutos, y Kennedy bajó. Se dirigió a la ventana, echó una ojeada y luego se volvió hacia mí.

—Hablé con ella —dijo nerviosamente—. Desea que le deje preparado un coche detrás de la casa. Luego se irá por sus propios medios.

Ese arreglo no me convenía. Yo deseaba realizar un viaje largo con aquella dama.

—¿Y cómo devolverá el coche?

Kennedy frunció el ceño.

—No se preocupe por eso —dijo—. Sólo quiero que le prepare el coche... y nada más. ¿Está dispuesto?

Su voz, al hacerme la pregunta, tenía matices militares.

—Naturalmente. Lo que usted diga.

Pareció aliviado.

—Vaya y haga pasar a los periodistas. Una vez que hayan entrado, diríjase al garaje y saque el coche. Luego, vuelva aquí.

Me prometí tratar de echar un vistazo a la esquiva mujer.

—Muy bien. ¿Empiezo enseguida?

—Espere un minuto —Kennedy salió al vestíbulo. Le oí acercarse a la escalera y llamar—. Baje ahora —ordenó a su interlocutora.

Yo no podía acercarme a la puerta y mirar, porque Kennedy me habría visto. Pero no me hacía ninguna gracia quedarme allí y dejar escapar mi presa.

Alguien bajó la escalera, y luego se oyó un rápido taconeo en el corredor. Un instante después reapareció Kennedy. Hizo un gesto de asentimiento.

—Hágalos entrar —ordenó.

Me dirigí a la puerta principal y la abrí.

Los muchachos acudieron a la carrera. Parecían una manada de caballos desbocados.

—El coronel nos recibirá —dije—. Quítense el sombrero, límpiense los pies y, por Dios, pórtense como caballeros.

Como una tromba pasaron a mi lado y se concentraron en el vestíbulo. Al lado de una mesa los esperaba Kennedy, los ojos fríos y el rostro en el que no se movía ni un músculo. Apenas pasó el último, cerré tranquilamente la puerta.

Recorrí el pasillo, atento al menor ruido, pero no la vi. A cada lado había dos puertas, pero yo no podía abrirlas y ver quién estaba detrás.

Al extremo del corredor había una puerta que se abría sobre los terrenos del fondo. La entorné y espié cautelosamente. No había nadie a la vista. No deseaba que me sorprendiera ninguno de los muchachos de Ackie. Posiblemente no esperaban que mi misión tuviera éxito, y la sorpresa les había hecho bajar la guardia.

Corrí hacia el garaje y abrí de par en par las puertas. Había dos coches. Elegí el más pequeño. En pocos segundos lo coloqué en posición frente a la puerta del fondo. Luego, dejando el motor en marcha, entré nuevamente a la casa.

Cuando ya terminaba de recorrer el pasillo, Ackie salió del gran vestíbulo. Su rostro ostentaba una expresión suspicaz.

—¿Qué demonios estás haciendo? —preguntó.

Si Ackie hubiera podido leer mis pensamientos, me habría ganado un enemigo para el resto de mis días.

—Fui a ver si quedaba por ahí alguno de los muchachos —dije.

—¿De veras? —dijo Ackie, y pretendió pasar en dirección al fondo.

Le puse un brazo alrededor del cuello y le retuve.

—Vamos, Ackie —dije—. Debemos escuchar al coronel.

—¡Me estás traicionando! —exclamó con furia. Le dirigí una sonrisa de simpatía mientras le empujaba hacia el vestíbulo.

—Os prometí una conversación con el coronel —dije—. Bien; hablemos, pues, con el coronel..., y eso es todo.

Oí a mi espalda el golpe de una puerta al cerrarse. De no haber sido por la intervención de Ackie hubiera podido verla. Sentí que mi cariño por Ackie se intensificaba notablemente. Trató de volverse, pero lo sujeté con más firmeza. Lanzó un quejido.

—Me estás rompiendo el brazo —gruñó.

—Me gustaría romperte el cuello —declaré con voz fría.

Débilmente llegó a mis oídos el ruido de la portezuela del coche al cerrarse y del motor del coche que aceleraba. Ackie abrió la boca para gritar, pero le puse una mano encima.

—¡Cállate! —ordené—. ¡Si armas escándalo, te aplasto la nariz!

Esperé unos instantes, y finalmente le solté el brazo. Ackie me miró con auténtico odio.

—¡Qué amigo! —escupió más que dijo—. ¿Crees que te pagarán esos cien dólares? ¡Espéralos sentado!

—Escucha, Ackie —dije—: En este asunto hay más de lo que parece... Tienes razón. Pero no hay nada que se pueda imprimir. Si te hubiera dejado proceder, te habrías encontrado mañana con un juicio por calumnias. Un juicio en el que Kennedy, el demandante, arruinaría al *Globe*. Si te portas bien y sabes callarte, te explicaré lo que pasó..., pero no debes publicarlo.

Ackie no podía estar enojado mucho tiempo. Me miró con odio, y un instante después su rostro se dulcificó.

—Debí haberlo previsto —gruñó—. De todos los traidores del mundo, tú eres el peor. Muy bien, no diré nada. ¿De qué se trata?

Comencé a explicarle en voz muy baja.

—Parece que el coronel tuvo otro de sus líos de mujeres. Ya conoces la fama de que goza. Bueno, la que estaba aquí no admitía bromas, y, lo que es peor, sacó un revólver y lo hizo funcionar. Es mujer de la alta sociedad. Yo mismo no sé quién es. Convine con Kennedy que la haría salir mientras él hablaba con vosotros.

Ackie frunció el ceño.

—¿Ningún herido? —preguntó con acento de amargura.

Negué con la cabeza.

—¡Infiernos! Eso carece de interés. Todo el mundo conoce lo de Kennedy y sus mujeres. Eso no es novedad. Lástima que no le agujerearon. Eso hubiera sido una magnífica noticia de primera plana.

Le miré con disgusto.

—Eres un muchacho muy simpático —dije—. Sea como fuere, ya ves que no valía la pena preocuparse.

Ackie echó una ojeada a su reloj.

—Está bien —dijo—. Acepto tus explicaciones. Arreglaré que te paguen los cien dólares.

—¿Qué te parece si los dividimos? —sugerí, sonriendo—. Mándame cincuenta y te firmaré el recibo por los cien.

Ackie asintió. Parecía haber recuperado su buen humor.

—En el fondo, no eres mal sujeto —dijo—. Quizá un día de éstos consigas jugar limpio, y entonces te otorgaré mi plena confianza.

Entretanto, los muchachos comenzaron a salir del salón. Nos miraron con curiosidad, pero Ackie no dejó entrever nada.

—¿Vienes con nosotros? —preguntó cuando se disponía a trasponer el umbral.

—Naturalmente... No pienso ir andando.

En ese momento se acercó Kennedy.

—No —dijo—. Quédese. Deseo conversar con usted.

La invitación me agradó. Simpatizaba con aquel hombre, y además me sentía hambriento.

Cuando el último coche desapareció en la curva del camino, Kennedy regresó al interior de la casa y cerró la puerta. Me sonrió.

—Bueno, fue un bonito trabajo —comentó con aire de aprobación—. Me sacó de un buen embrollo. Parece que mi deuda con usted aumenta continuamente.

—Olvídese de eso, ¿quiere? —me apresuré a decir—. Esa forma de hablar me pone nervioso.

Se echó a reír.

—Hace tanto tiempo que no nos vemos, que tendremos tema para un buen rato. Quédese algunos días... ¿Qué le parece la idea?

Vacilé, pero Kennedy insistió.

—Vamos, Mason, usted se queda; de modo que vaya acostumbrándose a la idea.

—Está bien —dije sonriendo—. No hay inconveniente.

Dirigió la vista al reloj.

—Vamos a almorzar y luego telefonearé a mi representante en la ciudad para que mande un hombre a su apartamento y le traiga sus cosas aquí. De todos modos, debía venir hoy, así que podemos aprovechar el viaje.

Después de lavarnos y beber una copa, nos sentamos a almorzar. Un criado sirvió el almuerzo en una pequeña terraza, cerrada con grandes ventanales, que daba al río.

—Tiene una hermosa propiedad —dije, mientras me servía la ensalada de langosta.

—Un lugar muy conveniente —asintió Kennedy con una débil sonrisa—. A veces me quedo aquí durante varias semanas sin ver a nadie. El lugar más adecuado para descansar los nervios.

—No sabía que ahora se llamaba así —dije sonriendo.

Se echó a reír.

—Tampoco usted parece haber descansado mucho últimamente —comentó—. ¿Qué le pasó en la cara?

La pregunta me colocó en una situación incómoda. Yo no sabía si el propio Kennedy no estaba complicado en el negocio.

—¡Oh, me metí en una pelea anoche! —dije. Concluimos la comida y nos sentamos al sol, con un buen cigarro y una copa de excelente brandy. Como al descuido, observé después de haber conversado un rato—: Estoy pensando comprar acciones. ¿Puede aconsejarme?

Comenzó a citar nombres de compañías sin mayor significado para mí.

—¿Qué sabe de la Mackenzie Fabrics? —pregunté de pronto.

Pareció sobresaltarse.

—Es raro que me pregunte eso —comento—. Precisamente estaba a punto de vender un paquete de acciones de esa firma.

—¿Y qué tiene de raro eso? —interrogué, procurando dar a mi voz un acento de indiferencia.

Movió la cabeza.

—¡Oh, nada! —replicó, y cambió el tema.

Me pregunté si la dama que yo había ayudado a salir no tendría nada que ver con el asunto. No quise correr el riesgo de preguntarle directamente quién era aquella mujer. Los hombres como Kennedy, después de pasar por el Ejército, se muestran muy puntillosos cuando se trata de mencionar nombres de mujeres a quienes ellos mismos han comprometido. Podía molestarse, de modo que por el momento decidí archivar el asunto.

Después de almorzar salimos a recorrer la propiedad. Cuanto más conocía el lugar, más me gustaba.

Había de todo. Incluso una piscina excavada en la roca, en lo más espeso del bosque, y alimentada por las aguas del río.

Pasamos los cuatro días siguientes pescando, nadando y haraganeando. Kennedy y yo nos llevábamos bastante bien. La comida era buena y la bebida excelente. En realidad, fueron unas de mis mejores vacaciones. Kennedy era un auténtico experto en materia de pesca, y con su ayuda comencé a desenvolverme bastante bien. Después de comer salíamos con las cañas y las redes, nos metíamos en el río de aguas claras y pescábamos. Lo pasábamos magníficamente.

Una noche estábamos sentados en la terraza, fumando un cigarro antes de retirarnos a dormir. La noche era tranquila y calurosa y nos sentíamos agradablemente fatigados. Yo estaba pensando que ya era tiempo de volver a la ciudad para escribir algunos artículos, cuando de pronto Kennedy levantó los ojos.

—¿Sabe una cosa, Mason? —dijo—. Un hombre como usted debería casarse y sentar la cabeza. De ese modo haría más dinero.

Seis meses antes una observación de ese estilo me habría hecho reír, pero ahora reflexioné unos instantes antes de contestar.

—Sí —dije finalmente—. Creo que tiene su parte de razón.

Guardó silencio durante algunos instantes y luego continuó:

—Cuando encuentre a la muchacha de sus sueños, le regalaré esta propiedad.

Aquel hombre iba demasiado lejos. Me enderecé bruscamente.

—Tenga cuidado con lo que dice —observé—, porque puedo tomar en serio sus palabras.

Sonrió ligeramente.

—En todo caso, le resultaría demasiado pesada —dijo—. Se necesita mucho dinero para mantener un lugar como éste. Pero le prometo lo siguiente: cuando se case, puede venir aquí todas las veces que lo desee. Dentro de poco me marcho a China. Quizá me quede allí unos cuantos años. Así que cuando esté dispuesto, hágamelo saber.

Le agradecí aquello calurosamente y abandonamos el tema. No podía dejar de pensar en Mardi y en la sorpresa que sería traerla a pasar allí la luna de miel. De pronto, comencé a sentirme nervioso. Me dije que había dejado pasar demasiados días. Mi ojo y mi nariz habían recuperado su aspecto normal, y me sentí deseoso de volver a mis actividades habituales.

A la mañana siguiente comuniqué mi decisión a Kennedy. Se limitó a sonreír.

—Creo que, después de todo, usted ya tiene una candidata —observó.

Asentí.

—Es cierto. Sólo falta arreglar unas cuantas dificultades.

A pesar de que mis palabras translucían confianza, no dejaba de preguntarme cuánto tardaría en convencer a Mardi. En cualquier caso, valía la pena intentarlo.

Regresé a la ciudad a la tarde siguiente. Inmediatamente telefoneé a la Mackenzie Fabrics.

—Deseo hablar con la señorita Mardi Jackson —informé a la operadora.

—Un momento —contestó. Al cabo de un momento reapareció la voz de la empleada—. La señorita Jackson no trabaja ya en la firma —dijo, y cortó la comunicación.

Con un movimiento lento devolví el receptor a su lugar. Mardi no trabajaba ya en la Mackenzie Fabrics. ¿Por qué? ¿Se había marchado por su propia iniciativa o la habían despedido? ¿Cuánto tiempo hacía que no trabajaba allí? Empecé a reprocharme haberme quedado tanto tiempo con Kennedy. De haber telefoneado el día que Ackie vino a buscarme, la habría encontrado todavía.

Y ahora, ¿dónde encontrarla? Revisé la guía de teléfonos, pero no figuraba. Quizá vivía con la familia, o en una pensión. Pero había como un millar de Jackson, y no era posible investigarlos a todos.

Recordé de pronto que el día de nuestro encuentro, Katz nos había visto juntos. ¿Qué significaba eso? Quizá Katz había pasado el dato a Spencer. ¿Por eso la habían despedido? Recordé que Ackie había dicho que Katz era peligroso como una serpiente de cascabel, y sentí que empezaba a aumentar mi presión sanguínea. ¿Sabía algo Mardi? ¿La habrían quitado de en medio? Pero era inútil quedarme sentado y formularme preguntas tontas. Debía entrar en acción.

Tomé el sombrero y abandoné apresuradamente el apartamento. Un taxi me llevó en pocos minutos al edificio Hoffman. Descendí, pagué al conductor y comprobé la hora. Era la una menos diez. Me dirigí al bar más próximo y pedí un whisky. El hombre del mostrador parecía despierto. Después de beber la primera copa, pedí otra.

—Estoy buscando a una mujer —le dije con voz confidencial cuando me acercaba la bebida.

—¿No nos pasa lo mismo a todos? —preguntó a su vez, mientras me examinaba con ojo crítico.

—Efectivamente —convine—. Pero en este caso creo que usted puede ayudarme.

Pareció interesado.

—Adelante —dijo—. Todo lo que yo pueda hacer....

—Se trata de una señorita que trabajaba en la Mackenzie Fabrics. Me he enterado de que la despidieron, y quiero averiguar dónde está.

Adoptó una expresión soñadora.

—En esa firma trabajan algunas damas de primera —dijo—, pero muy orgullosas. Nunca pude pasar del «buenos días» con ninguna de ellas.

—¿Almuerzan aquí? —pregunté.

—Sí. Dentro de un par de minutos empezarán a llegar.

Extraje un billete de cinco dólares y se lo di.

—Hágame una seña cuando entre alguna de ellas. Si consigo hacerla hablar, sabré dónde fue la que estoy buscando.

—Perfectamente —dijo el hombre, mientras embolsaba los cinco dólares—. Quédese por aquí, y yo le avisaré.

Poco después de la una comenzó a afluir público. Casi inmediatamente el hombre del mostrador me hizo una seña. Una muchacha alta y rubia se estaba acomodando sobre una de las banquetas, frente al mostrador, lista para engullir su ración de pienso. Su rostro ostentaba una expresión amistosa, y se me ocurrió que si sabía manejarla obtendría los informes que deseaba.

Dejé que hiciera su pedido, y entonces abandoné mi asiento y tomé otro al lado de la joven. La rubia se había colocado contra la pared, de modo que estábamos más o menos aislados del resto.

La muchacha me miró y luego continuó masticando su emparedado. El hombre del mostrador me acercó un plato de comida, me hizo un guiño y se alejó en dirección al otro extremo, donde se acumulaban los pedidos.

—Perdóneme —empece con voz cautelosa—, pero creo que usted podría proporcionarme cierta información sobre la señorita Mardi Jackson.

Se volvió bruscamente, como una virgen sorprendida en el baño. Abrió los ojos, y por un momento pensé que me despediría con cajas destempladas.

—¿Cómo dijo? —preguntó.

—Estoy buscando a la señorita Mardi Jackson —expliqué, apelando a mis mejores modales—. Me dijeron que usted trabaja en la Mackenzie Fabrics, y por eso pensé que podría decirme algo.

Desapareció de sus ojos la expresión de sorpresa, y, realizando un medio giro sobre el taburete, se me encaró francamente.

—¿Usted es amigo de ella? —preguntó.

Decidí correr el riesgo.

—Soy el novio —afirmé descaradamente.

—¿De veras? ¿No es extraordinario? —exclamó—. Vea, siempre pensé que Mardi no era franca con nosotras y se lo dije a las otras empleadas... Pero no me querían creer...; usted sabe cómo son esas cosas, ¿no? Una muchacha como Mardi debía de tener novio...; es natural, ¿no le parece? Nunca dijo una palabra al respecto, era muy reservada...; pero no crea que no la queríamos... Siempre simpatizamos con ella. Y nos impresionó mucho cuando se marchó...

—Escuche, señorita —la interrumpí—. ¿Podría decirme qué ocurrió en realidad? Estuve en el campo unos días, y no estoy al tanto de las novedades.

—¡Oh, claro!

Era evidente que estaba dispuesta a contármelo todo. Saltaba a la vista. El inconveniente de la rubia consistía en que, una vez que comenzaba con un tema, era difícil pararla. De todos modos, me dije, disponía de todo el día, así que no había necesidad de preocuparse.

—Adelante, y cuénteme todo lo que sepa —dije, mientras encendía un cigarrillo y le ofrecía otro.

—Bueno, no sé si debiera...; pero si usted es el novio..., entonces es diferente, ¿no le parece? Quiero decir... que no hablaría de esto con cualquiera... Bueno, usted me entiende, ¿no?

—Claro, claro —dije, procurando tranquilizarla—. No se preocupe.

—Bueno; Mardi volvió de almorzar hace una semana...; parecía transportada..., como si estuviera soñando..., y las muchachas pensaron que había salido con su novio, o algo por el estilo... Entonces la llamó Lu... Lu es el señor Spencer, el presidente de la firma..., aunque seguramente eso ya lo sabe usted... Bueno, Mardi entró al despacho de Lu y permaneció allí cierto tiempo... Entonces oí que Lu se enojaba terriblemente..., a veces pesca unas rabietas terribles..., grita y golpea la mesa y camina como una fiera enjaulada...; bueno, me pareció que Mardi se hallaba en apuros, de modo que me acerqué a la puerta y escuché... Nunca lo hago, a decir verdad... Pero Mardi era mi amiga y pensé que podía necesitar mi ayuda... Quería estar cerca en el caso de que Lu perdiera los estribos..., pero gritaba tanto que no podía entender ni una palabra. Mardi dijo de pronto: «Lo siento, señor Spencer; pero no tengo por qué dar cuenta a nadie de mis asuntos personales», y cuando Lu oyó eso perdió completamente el control... De otros despachos empezaron a salir empleadas que venían a averiguar qué pasaba... Lu dijo que Mardi podía hacer lo que quisiera..., pero que se fuera inmediatamente de la firma..., y ella salió tranquilamente... ¡Usted ya conoce ese aire de dignidad que ella sabe tener!... Y se marchó. Lu salió de su despacho y la miró mientras arreglaba sus cosas. Ni siquiera pudimos despedirnos y eso es todo lo que puedo decirle.

—Desde ese día, ¿no supo nada más de ella?

Negó con la cabeza.

—No..., y no puedo comprenderlo. Todas esperábamos saber algo..., pero ni siquiera una palabra.

—¿Sabe dónde vive? —pregunté.

No era tan tonta como yo creía. De pronto sus ojos adquirieron una expresión de dureza.

—¡Eh! —dijo—. Usted afirmó que era el novio, ¿y no sabe dónde vive?

Comprendí que debía proceder con cautela. Exploré suavemente el terreno.

—Puede parecerle increíble —dije—. Pero sólo la vi una vez o dos. Compréndame, estoy loco por ella, pero ignoro cuáles son los sentimientos de Mardi. Quiero continuar estas relaciones, pero primero debo encontrarla.

—¿No es maravilloso? —exclamó la rubia, muy complacida—. Bueno, le ayudaré... Mi opinión es que una muchacha necesita de un hombre..., ¿no le parece? Vea, le escribiré la dirección.

Le ofrecí mi libreta de notas y mi lápiz. La rubia garabateó una dirección del barrio Oeste de la ciudad y yo guardé cuidadosamente la libreta en el bolsillo interior de la americana.

Me deslicé del taburete.

—Me voy —dije—. Le agradezco su ayuda, y le prometo que la invitaremos a la boda.

La dejé con la boca abierta, lista para empezar de nuevo. Estoy seguro de que la rubia no se sentía descontenta de su aventura. Ciertamente, tendría algo de qué hablar con sus compañeras de oficina. Pero ¿hablaría?

9

De nada sirvió todo mi esfuerzo. Cuando llegué a la dirección que había dado la rubia, Mardi no estaba. Se había marchado dos días antes, según me informó la dueña de la pensión. No había dejado dirección. ¿Estaba satisfecho?

Regresé a mi apartamento, inquieto y molesto. Sólo sabía que Mardi había perdido su empleo por mi culpa. Lo cual significaba que Spencer creía que la joven sabía algo, y no deseaba correr riesgo alguno. Si lo que Mardi conocía era importante, quizá la había secuestrado. Contra esa posibilidad, estaba el hecho de que la casera había dicho que Mardi se había marchado por su propia voluntad, y que no parecía muy preocupada. Había dicho que debía alejarse de la ciudad por asuntos de trabajo, y que no sabía cuándo volvería. Probablemente una excusa para dejar tranquila a la casera. ¿O se trataba de otra cosa?

Me senté en el borde de la mesa y cavilé sobre el problema. Me pregunté si volvería a verla, en caso de que insistiera en la investigación del asunto Vessi. Mientras reflexionaba sobre el asunto, sonó el teléfono.

A través del hilo llegó la voz clara y metálica.

—¿Nick Mason?

Me pareció que la voz no merecía mayores contemplaciones.

—Sí —dije—. ¿Qué tal? ¿Siempre tiroteando coroneles?

No pude reprimir una sonrisa.

—¿Sabía eso? —preguntó ella.

—Claro que sí —repliqué—. Yo fui quien la sacó del lío. Reconocí su voz.

Se produjo un momento de silencio, y luego dijo:

—Usted está buscando a Mardi Jackson. Ya le dije la última vez que no tardando mucho tiempo se sentiría muy interesado en el caso Vessi. Y no creo que la vuelva a ver. De todos modos, usted podría echar una ojeada al muelle Wensdy, esta noche, a las nueve. Quizá encuentre algo que le llamará poderosamente la atención.

—¿Por qué demonios tiene que guardar tanta reserva...? —empecé a decir, pero la comunicación se había cortado.

Si alguna vez le ponía las manos encima —pensé, mientras golpeaba salvajemente el receptor contra la horquilla—, le daría algo que la haría mostrarse misteriosa..., y con razón.

De todos modos, me sentí alarmado. La voz había confirmado mis sospechas. Mardi sabía algo. No me gustó la observación sobre la posibilidad de no volver a verla. ¿Quién era esa mujer? ¿Por qué deseaba tanto que me ocupara de la investigación? Kennedy sabía quién era. Llegué a la conclusión de que el próximo paso debía ser una conversación franca con el coronel. Si yo ponía las cartas sobre la mesa, quizá Kennedy se franqueara.

Mientras tanto, decidí visitar el depósito judicial por si Mardi estuviera allí.

Me sentí aliviado cuando concluí ese trámite. No encontré a Mardi. Había buen número de muchachas jóvenes sobre las losas, a la espera de que alguien las reclamara. Cuando concluí el recorrido, me sentí bastante deprimido.

Antes de marcharme conversé con el encargado. Le pregunté si sabía algo del muelle Wensdy. Con gran sorpresa mía, resultó que sabía bastante. Un hermano de aquel hombre solía trabajar cerca del muelle.

—Un lugar muy peligroso —me explicó—. Nadie lo usa ahora. La gente prefiere el muelle Hudson. Todas las ratas del río se agrupan en las cercanías del muelle Wensdy. Mike..., me refiero a mi hermano..., solía decir que el muelle Wensdy servía para meter contrabando.

Creo que desde entonces lo han limpiado un poco. De todos modos, es un lugar peligroso.

Me instruyó sobre el modo de llegar al muelle, le di un par de dólares y me despedí.

Pasé el resto del día contestando mi correspondencia y conversando con algunos de los muchachos. Todo estaba tranquilo, y en el horizonte no había indicios de ningún acontecimiento periodístico.

Alrededor de las ocho me puse al volante de mi maltratado Ford y me dirigí al edificio del *Globe*. Entré y me encontré con Hughson, que se disponía a salir.

—Hola —dijo—. No tuve ocasión de agradecerte tu intervención en el asunto de Kennedy. Fue un buen trabajo.

Le aseguré que no tenía importancia.

—¿Sabes algo de Lu Spencer? —pregunté.

Hughson se encogió de hombros.

—¿Por qué no te olvidas de eso? —inquirió—. Vessi está muerto y enterrado. No conseguirás nada si te pones a revolver el barro.

Moví la cabeza.

—No..., no me interesa ese aspecto —le expliqué—. Simplemente deseaba saber qué tipo de hombre es. Una amiga mía trabajaba para él y ha desaparecido. Me estaba preguntando si él tendría algo que ver...

Hughson movió la cabeza.

—Spencer no es de esa clase de individuos. Esta casado, y adora a su mujer. Lo último que se le ocurriría es engañarla con una de sus empleadas. Naturalmente, puedo estar equivocado, pero no lo creo.

Le ofrecí un Camel.

—Spencer es un tipo con agallas, ¿no es verdad? —pregunté.

Hughson se encogió de hombros.

—Sí, supongo que sí. Es inteligente y ha hecho dinero. Pero no creo que te convenga preocuparte por Spencer.

Descendimos por la escalera, y le llevé en mi coche parte del camino de regreso a su casa. Le dejé a la entrada de una estación del metro y dirigí el coche hacia el muelle Wensdy.

De modo que Spencer estaba casado. Me dije que sería conveniente provocar un encuentro con ese individuo, y cuanto antes mejor. Debía hallar a Mardi y escuchar lo que ella pudiera decirme. Luego, sería el momento de entrevistarme con Spencer. Al parecer, me estaba complicando cada vez más en el caso Vessi, quisiéralo o no.

Dejé el automóvil en un pequeño garaje, a poca distancia del muelle.

El encargado del depósito tenía razón. El lugar ofrecía un aspecto temible. Las calles eran estrechas y las casas oscuras parecían inclinarse hacia delante, a modo de techo que casi ocultaba el cielo. El pavimento era húmedo y resbaladizo, y estaba cubierto de toda clase de malolientes basuras.

El empleado del garaje me había indicado cómo encontrar el muelle Wensdy. Me había mirado con asombro, como si hubiera estado ante un loco. Quizá lo estaba, pero no por eso pensaba abandonar mi proyecto.

Anduve rápidamente. La niebla del río ascendía lentamente, y se alcanzaba a oír la nota profunda de una sirena lejana. Al volver una esquina, me encontré frente al muelle Wensdy. En el extremo más lejano podía ver el agua aceitosa, sobre la cual se reflejaba la luz de una solitaria lámpara callejera.

A cada lado del muelle se elevaban caserones altos y viejos, semiocultos en la penumbra. Destellos de luz amarillenta salían de las ventanas, mal cubiertas por postigos rajados. De pronto, sentí frío. La niebla traía la humedad del río, y una brisa helada me penetraba hasta los huesos.

«Bueno —pensé—, aquí estoy».

A decir verdad, el muelle Wensdy no me atraía mucho.

Me acerqué al borde del muelle y contemplé el río oscuro. Salvo algún ocasional remolcador, nada se veía. Miré mi reloj de pulsera. Eran las nueve menos cuarto.

La voz había mencionado el muelle Wensdy, pero eso había sido todo. El desembarcadero ocupaba los tres lados de un cuadrado, y el río lo cerraba por el cuarto lado. No era difícil vigilar el acceso. Encontré una pila de cuerdas viejas en un rincón oscuro, y me senté.

Desde aquel lugar podía vigilar todo el muelle y, al mismo tiempo, me hallaba oculto y relativamente protegido del viento.

Ciertamente, no era una forma muy agradable de pasar la noche, pero con tal de encontrar a Mardi estaba dispuesto a soportarlo todo. Temía fumar, y experimentaba una urgente necesidad de beber. Transcurrieron diez minutos, y comencé a impacientarme. Pensé una serie de insultos refinados que comunicaría a la voz la próxima vez que me llamara. ¡Oh, sólo deseaba encontrarla una vez más! Una vez, nada más, sería suficiente.

Cuando mi reloj me indicó que habían pasado más de treinta minutos, el desaliento comenzó a invadirme. Di algunos pasos para desentumecer los miembros. Nueve y veinte, y nada había ocurrido. Probablemente todo había sido una broma de la voz.

Entonces comenzaron a producirse novedades. Divisé las luces delanteras de un coche que avanzaba por la callejuela. Rápidamente me escondí detrás del montón de cuerdas. Un gran coche cerrado se acercaba al edificio del muelle. Las luces barrieron la oscuridad y me cegaron. Mantuve la cabeza baja hasta que el coche completó el viraje, y miré nuevamente cuando mi rincón quedó en sombras.

El automóvil se detuvo frente a una de las casas, la que se hallaba en la oscuridad más completa. A diferencia de las otras, por los postigos de sus ventanas no se filtraba el menor rayo de luz.

Avancé cautelosamente. Se abrieron dos puertas del coche, las que daban hacia la casa. Un hombre bajo y grueso dejó el volante y se acercó a la puerta trasera. Se inclinó hacia delante y su cabeza y hombros desaparecieron en el interior del coche. Luego se retiró un paso.

Me puse rígido. Tenía algo entre los brazos. Estaba de espaldas, de modo que no podía ver de qué se trataba. Otro hombre descendió del automóvil. Se reunieron, y comprendí que entre los dos estaban llevando un bulto envuelto en un abrigo. Instintivamente supe que era una mujer, y no necesité mucho para llegar a la conclusión de que era Mardi. Estaba a punto de saltar sobre ellos, cuando salieron del coche otros dos hombres. Me contuve. Era inútil provocar una pelea en la que llevaría la peor parte. Lo más probable era que me arrojaran al río, y eso no ayudaría mucho a Mardi.

El grupo desapareció en el interior de la casa, y oí el golpe de la puerta al cerrarse. Permanecí inmóvil, esperando. A los pocos minutos, el tipo bajo y grueso salió a la calle, se puso al volante del coche y se alejó tan silenciosamente como había llegado.

«Bueno —me dije—, ahora quedan sólo tres hombres».

Me acerqué a la casa y levanté los ojos. Brillaba una luz en una ventana del segundo piso. En ese momento alguien cerró apresuradamente las persianas, y la luz desapareció.

Ahora sabía dónde la habían puesto, y eso era algo. Lamentaba no haber traído un arma. Lo sombrío del lugar y la cercanía del río me daban escalofríos. Extendí una mano y probé el picaporte de la puerta. Estaba cerrada con llave, qué duda cabía.

Decidí explorar la trasera de la casa con la esperanza de encontrar una entrada. Tenía una pequeña linterna, y me introduje por un estrecho pasaje que se abría al costado mismo de la casa. Encendí la linterna y avancé cautelosamente. El lugar era maloliente, y al final se divisaba una empalizada de madera. Me acerqué y miré por encima de la empalizada. Experimenté una desagradable impresión. *La trasera de la casa daba directamente al río.*

No se necesitaba mucha inteligencia para comprender lo que podía ocurrir. Si querían desembarazarse de Mardi, les bastaba abrirle la garganta y arrojarla por la ventana a las aguas del río.

Necesitaba entrar inmediatamente. Era peligroso, pero en ese momento Mardi estaba en una situación que no admitía dilaciones.

Descubrí una ventana en la planta baja, y al apuntar el haz de luz de la linterna hacia el interior, comprobé que correspondía a un cuartito sin muebles. Con la ayuda de mi cortaplumas levanté la ventana. Estaba dura y oxidada, pero se abrió sin ruido. Pasé una pierna sobre el borde inferior y entré en la habitación. Luego cerré la ventana. Traten de entrar en una casa oscura, ocupada por tres matones, y en un barrio como aquél, y verán qué agradable es. No me gustó. Tenía los nervios de punta y la garganta reseca.

De puntillas, me acerqué a la puerta y moví el picaporte. La puerta se abrió. Crujió un poco, pero no mucho. Fuera estaba oscuro y me dediqué a escuchar atentamente. No se oía el menor ruido. Avancé cautelosamente por un vestíbulo, encendí breves instantes la linterna, y me encontré de pronto con el principio de una escalera.

Comencé a subir, probando cada escalón antes de apoyar todo mi peso. Fue una buena precaución. Algunas maderas estaban completamente podridas, y crujían como el infierno.

Me hallaba a mitad del camino cuando oí el ruido de una puerta al abrirse, en el primer descansillo, y un rayo de luz iluminó la escalera. Alguien salió y cerró la puerta. Nuevamente reinó la más absoluta oscuridad. Oí ruido de pasos que bajaban. Me aplasté contra la pared. Si aquel sujeto encendía una linterna, estaba hundido. Siguió descendiendo. Podía oír el roce de su mano sobre la barandilla. Le sentí pasar a mi lado. Esperé a que bajara un escalón más, y entonces descargué mi pierna derecha con toda la fuerza de que fui capaz.

Fue un hermoso puntapié. Hubiera podido derribar a un elefante. Sentí que la punta de mi zapato tocaba algo duro, luego un grito ahogado y, finalmente, un espantoso estrépito. No esperé más, y encendiendo mi linterna subí de tres en tres los escalones que aún me faltaban.

Cuando llegué al primer piso apagué la linterna y me puse contra la pared. Apenas lo había hecho, cuando advertí el marco de una puerta a mi lado. Tuve el tiempo preciso para apartarme, y la puerta se abrió bruscamente. Apareció un tipo delgado, con el sombrero echado hacia atrás. Se asomó a la barandilla.

—¡Eh, Joe! —exclamó, tratando de ver algo en medio de las sombras—. ¿Qué pasa?

Cuando un individuo se inclina sobre una barandilla como lo hacía aquél, no hay más que una actitud posible. Lo agarré por los fondillos del pantalón y le di un buen empujón. Aunque delgado, tenía bastante peso. Pero yo había aplicado suficiente fuerza como para superar su resistencia. Cayó a la planta baja con un aullido estentóreo.

Pero no me sirvió de nada. Una voz agria dijo a mis espaldas:

—Quédese quieto... Exactamente así.

Me imaginé que me cubría con un arma, pero, de todos modos, volví la cabeza. Sí, tenía una pistola. Y un rostro nada tranquilizador. Era bajo y corpulento, de cabellos rubios y ralos. Según el modo de sostener el arma, era evidente que sabía usarla.

—Muy bien —dije rápidamente—. Me rindo.

—Salga de ahí —ordenó. Tenía la voz agria, como si su laringe se negara a obedecerle—. Levante las manos y no intente ningún truco.

Mientras ocurría esto, desde abajo ascendían gritos escalofriantes. Había tenido ocasión de oír malas palabras; pero lo que ahora oía era como para inflamar las aguas del río.

El hombre de la pistola ordenó:

—Pegue la cara a la pared. Lo agujereo si hace un movimiento en falso. No me lo haga decir dos veces.

Hice lo que me ordenaba. Me asaltaron pensamientos sombríos. Mi única esperanza estribaba en que había logrado dejar fuera de combate a dos de los pistoleros.

—¿Estás herido, Gus? —preguntó el que me vigilaba, sin quitarme los ojos de encima—. Sube..., tengo acorralado al individuo.

La única réplica fue un nuevo torrente de blasfemias. Era evidente que el tal Gus conocía todo el diccionario y algo más. El sujeto de la pistola se encontraba en un aprieto. No quería perderme de vista, pero al mismo tiempo ardía por bajar y comprobar si sus compañeros estaban fuera de combate. Era obvio lo que necesitaba hacer, y no le llevó mucho tiempo tomar una decisión.

Aunque me lo esperaba, no había creído que un hombre de sus proporciones se moviera con tal rapidez. Logré desviar la cabeza, pero no fui lo bastante veloz. La culata de la pistola me golpeó la cabeza, y pasé al reino de las sombras.

10

Débilmente, como desde el fondo de un pozo, oía los gritos de una mujer. No me importó mucho, hasta que los gritos se tornaron más penetrantes; rogué entonces que acabaran de una vez.

Abrí los ojos y miré a mi alrededor. La luz temblorosa de una vela, que parecía flotar sobre mi cabeza, me molestó, y cerré nuevamente los ojos. La mujer que gritaba había callado; me pareció que había hecho bien. Traté de mover las manos, pero descubrí que era imposible. Comencé a interesarme por mi propia persona.

Abrí los ojos nuevamente. Comencé a recordar. Fue como si me hubieran arrojado un balde de agua al rostro. Quise sentarme, pero me habían atado bien. Me dolía la cabeza, aunque a cada instante que pasaba pensaba con más claridad. Siempre me habían dicho que tenía una cabeza muy dura.

Yacía sobre el piso, las manos atadas a la espalda con una cuerda delgada que se me hundía en la carne.

Sobre la repisa de la chimenea ardía una vela solitaria; el temblor de la llama hacía bailar las sombras de la habitación.

Con mucho esfuerzo, logré sentarme. Sentía latidos como martillazos en la cabeza, y tuve que cerrar los ojos durante un rato. Luego me puse de rodillas, y, finalmente, logré incorporarme. No me habían atado las piernas. Caminé unos pasos para restablecer la circulación. Unos minutos después me sentía bastante bien, si se exceptúa el dolor de cabeza.

En ese momento se abrió la puerta y entró el individuo alto y delgado. Caminaba renqueando ligeramente. Se paró frente a mí para quedarse mirándome fijamente.

—Hola, Gus —dije—. Creí que se habría roto el cuello.

A la luz de aquella vela, Gus era capaz de impresionar a muchos. Tenía una cara completamente chata, ojos muy pequeños y boca deforme. Los huesos de la cara parecían querer abrirse camino entre la piel de color plomizo. El puente de la nariz había sido extirpado quirúrgicamente.

Entró al cuarto y cerró la puerta. La cerró lenta y deliberadamente. Se me ocurrió que Gus y yo no íbamos a coincidir en nuestros puntos de vista.

—Sé cómo tratar a los tipos demasiado despiertos —dijo, y su voz pareció el crujido de una gramola vieja—. No tendrá ganas de gastar bromas cuando haya terminado con usted.

Retrocedí lentamente.

—Vamos —dije—. No haga nada que pueda avergonzar a su mamita. ¿No le parece mejor que conversemos un poco?

Mis manos hacían todo lo posible por romper las cuerdas, aunque sin el menor éxito.

El pistolero acortó distancias, y yo retrocedí, hasta que choqué contra la pared. Apenas tuve tiempo de dirigirle una sonrisa, y ya lo tenía encima.

Calculé el golpe y esquivé. Su puño rozó mi oreja. Descargó un puñetazo con la derecha, y conseguí pararlo con el hombro. El hombre tenía fuerza suficiente para destrozarme si lo dejaba continuar. Y no veía manera de impedirlo.

Nuevamente golpeó con la derecha, buscando el centro de mi cara. Doblé la rodilla y hundí la cara en el pecho. Su puño me dio en la cabeza. Me enderecé rápidamente y le hundí una rodilla en el estómago. El muy tonto estaba tan confiado que me permitió asestarle un buen golpe.

Hizo un ruido parecido al de un neumático pinchado y cayó hacia atrás. No pensaba prodigarle mis cuidados.

Tomé puntería y le di un puntapié en la cabeza, con toda la fuerza de que disponía. Se desmayó instantáneamente.

Permanecí unos instantes mirándole, y comprendí que aquel hombre no sería problema durante un buen rato. Una vez tranquilizado por ese lado, realicé una complicada maniobra para pasar las piernas por el hueco que formaban mis brazos. Ahora tenía las manos delante y no detrás. Examiné cuidadosamente la cuerda. Miré la vela y decidí intentarlo. Me quemé una o dos veces, pero al fin quedé libre. La cuerda se quebró a la tercera aplicación de la llama. Me froté las muñecas y la parte posterior de la cabeza.

Al parecer, sólo tendría que ocuparme del sujeto grueso que me había apresado. Me arrodillé al lado de Gus y le registré los bolsillos. Me habría sentido mucho mejor de haber encontrado un revólver. Pero no lo tenía.

Me incorporé y caminé silenciosamente hacia la puerta. Supuse que podría dar cuenta del sujeto grueso si le cogía por sorpresa. Descubrí que aún conservaba mi pequeña linterna. De puntillas, salí al corredor. Me detuve para escuchar. Si no me equivocaba, Mardi se hallaba en la habitación al final del pasillo. Me acerqué a la puerta de aquel cuarto y escuché.

Acababa de aplicar el oído a la puerta, cuando un salvaje alarido me hizo dar un salto.

Casi me lanzo sobre la puerta, pero me contuve a tiempo. Era necesario que el pistolero viniera hacia mí. Con los nudillos golpeé imperiosamente la puerta. Luego retrocedí hasta la escalera y me aplasté de espalda a la pared. El corredor describía una curva, de modo que me hallaba bastante bien protegido.

Hubo un momento de silencio, y entonces apareció una luz. Me agazapé para ofrecer el menor blanco posible, y me preparé para enfrentarme a lo que viniera.

Nada ocurrió. Me agaché un poco más y avancé hacia el recodo. Nada arriesgaba, por lo que agucé el oído. Alcancé a distinguir el jadeo del pistolero. También él escuchaba atentamente, y sin duda se preguntaba qué estaba pasando.

—¡Gus! —chilló—. ¿Dónde estás, Gus?

Parecía atemorizado.

Dejé que el silencio aumentara su nerviosismo. Salió al pasillo, pero no avanzó más de uno o dos pasos. Tenía a la espalda la luz del cuarto. Asomé apenas la cabeza, y pude verle, aunque él no podía distinguirme en la oscuridad.

—Gus —llamó, levantando la voz—, ven aquí.

Golpeé suavemente el suelo con la culata de la linterna. Quería que oyera algo, pero sin poder determinar de qué se trataba. Vi que movía la cabeza y luego comenzó a acercarse. Le esperé pacientemente, los músculos tensos. Cuando ya me disponía a atacarle, se detuvo, y comenzó a retroceder. Quizá su ángel de la guarda le dio aviso. Regresó rápidamente al cuarto y cerró la puerta.

¡Había perdido mi ocasión! Y no podía seguir esperando. Llegué a la conclusión de que debía arriesgarme y pasar al ataque.

Cuando ya me disponía a entrar en acción, se oyó el timbre de la puerta de la calle. Me contuve. Volví a la habitación donde había dejado a Gus. Seguía inmóvil, soñando dulces sueños.

El timbre sonó de nuevo, imperiosamente. Me encontraba en una situación grave. Si había llegado un nuevo equipo de amigos de la casa, tendría que soportar un verdadero asedio. Permanecí pegado a la puerta, escuchando. El pistolero parecía haberse decidido. Le oí abrir la puerta y entrar al corredor. En una mano sostenía una linterna, con la que iluminaba el camino a medida que avanzaba.

¿Entraría a la habitación en la que me encontraba para comprobar si todo estaba en orden? En ese caso, me vería obligado a tomar la iniciativa. Si, en cambio, seguía hacia la planta baja, me daría bastante tiempo para revisar el cuarto de donde partían los gritos.

Mientras yo reflexionaba, el hombre tomó una decisión. Vi que se movía el picaporte de la puerta, y comprendí que venía a echar un vistazo. No tenía tiempo para quitar de en medio a Gus. Yacía en el centro del cuarto, a la vista del primero que entrara. Me escondí detrás de la puerta y esperé. La puerta se abrió suavemente y el sujeto asomó la cabeza. En una situación menos comprometida, me habría echado a reír. Miró la habitación, y de pronto sus ojos se posaron en Gus.

No le di oportunidad de reaccionar. Volqué todo mi peso sobre la puerta, aprisionándole la cabeza. Los ojos parecían querer salírsele de las órbitas, hasta que consiguió enfocarme.

—Tranquilo, hermano —dije, y le golpeé la mandíbula con una derecha en la que había concentrado toda mi fuerza.

El puñetazo llegó a destino con un crujido seco. El impacto conmovió mi propio cuerpo, y perdí la piel de todos los nudillos. Pero los ojos de mi víctima se tornaron inexpresivos y el hombre cayó abatido.

Abrí la puerta y salí al corredor. El timbre sonaba furiosamente; alguien comenzó a golpear la puerta. Registré rápidamente al pistolero y le encontré un Smith & Wesson 45. Un hermoso argumento en una ocasión como aquélla.

¡Demonios! ¡Qué bien me sentía con un revólver en la mano!

De pronto cesó el timbre y los golpes sobre la puerta. Eso significaba que temían despertar a los vecinos y que pensaban entrar por una ventana. Ni por un momento me ilusioné con la posibilidad de que se marcharan.

Salvé a la carrera los pocos metros que me separaban del cuarto del fondo del pasillo y entré como una tromba. Esperaba encontrarme con Mardi. Ya me imaginaba adoptando posturas de héroe. Incluso pensaba que caería en mis brazos, de modo que me enfrié bastante cuando vi a Blondie sentada en medio del cuarto.

¡Nada menos que Blondie! Allí estaba, atada de pies y manos a la silla. Sus ojos expresaban sentimientos asesinos, y su expresión general era la de una tigresa dispuesta a saltar sobre su víctima. Me detuve frente a ella.

—¡Bueno, bueno! —exclamé.

Ella estaba tan sorprendida como yo.

—Sácame de aquí —dijo con voz ronca.

Cuando habló comprendí que lo había pasado muy mal. Alguien con mucha imaginación había estado trabajando sobre su cuerpo. Tenía la cara llena de marcas, y un tubo de goma a pocos centímetros de la silla indicaba cuál había sido el método.

Me acerqué a la silla y corté las cuerdas con mi cortaplumas.

—Vaya sorpresa —dije, mientras la ponía en libertad—. Estuve derribando individuos por toda la casa y arriesgando el pellejo porque creía ayudar a una amiga..., y ahora me encuentro contigo.

No hizo ningún comentario, pero por la manera como jadeaba comprendí que estaba encolerizada.

Era preciso actuar con rapidez. Ignoraba cuánto tardarían los de la calle en llegar al primer piso. Apenas terminé, me dirigí a la puerta.

—Trata de friccionarte las piernas —le dije, mientras salía—. Debemos marcharnos cuanto antes.

Me acerqué silenciosamente a la escalera y miré hacia abajo. Dos hombres subían. Seguramente me habían oído, porque apagaron rápidamente la linterna con que se iluminaban. Apunté con la 45 y disparé, procurando tirar alto.

La premura con que los dos tipos rodaron por la escalera me hizo reír.

—No suban —les grité—. Quiero estar solo.

Luego retorné silenciosamente a donde había quedado Blondie. Se había incorporado y se estaba frotando las muñecas. Tenía los labios apretados en una expresión decidida. No parecía atemorizada, sino enojada.

—Subamos un piso —le dije—. Con el menor ruido posible.

Avanzó algunos pasos, y se detuvo. Comenzó a maldecir. La tomé del brazo.

—No grites —le ordené—. ¿Qué te pasa? ¿Estás herida?

Trató de avanzar, pero se detuvo de nuevo. Se mordió los labios con furia.

—No puedo —dijo.

No perdí tiempo en discusiones. La cargué sobre el hombro y comencé a subir el tramo de escalera que llevaba al piso superior. Llevar a una mujer del peso de Blondie treinta escalones es tarea difícil. Si además se agrega el temor de que un balazo me perforara los pantalones...; bueno, lo cierto es que no me sentía muy cómodo. Cuando llegamos al descansillo estaba sudando como un condenado.

Encendí la linterna. El piso era similar al que acabábamos de abandonar. Sobre el corredor se abría el mismo número de puertas. Entré al cuarto del fondo y deposité a Blondie sobre el suelo.

—Trata de mover esas piernas —dije—. Todavía no estamos en casa.

Salí nuevamente al corredor. Me asomé sobre el pasamanos y disparé. Mi idea era que convenía atemorizar a los de abajo. En realidad, casi me atemorizan ellos. Se oyó un disparo y sentí el silbido de la bala cerca de mi mejilla. Me tiré al suelo y, apuntando ahora directamente a la escalera, disparé otra vez.

Me contestaron dos tiros, y si no me hubiera echado al suelo, uno de ellos me habría alcanzado. Aquellos dos hombres sabían demasiado sobre armas de fuego, y la situación me gustaba cada vez menos. Me arrastré hacia el cuarto del fondo del corredor y cerré suavemente la puerta.

Posiblemente se quedaron quietos durante unos minutos. Por mi parte, ignoraba cuántas balas me quedaban, y me pareció mejor ahorrar proyectiles.

Con ayuda de la linterna, estudié la habitación. Lo primero que me llamó la atención fue un pesado armario. Con bastante esfuerzo lo separé de la pared.

Blondie se puso en pie y se acercó a mí. Aunque su rostro reflejaba el dolor que le producía cada paso, debo decir que era valerosa.

—Tranquila, muchacha —le dije—. Puedo arreglarme solo... Trata de poner en orden esas piernas.

Su respuesta fue impublicable. Ésa es la ventaja de las jóvenes como la simpática Blondie. Un hombre no necesita preocuparse por los buenos modales. Entre los dos conseguimos correr el armario y colocarlo contra la puerta. Por lo menos, aguantaría un rato.

Me acerqué a la ventana y asomé la cabeza. Abajo corrían las aguas oscuras del río. Gracias a la luz de la luna, alcanzaba a distinguir los reflejos aceitosos del agua. El lugar en que nos encontrábamos parecía endemoniadamente alto.

Me volví hacia Blondie.

—¿Sabes nadar, hermana? —pregunté.

—Sí —replicó—; pero no pienso hacerlo con esta ropa.

¡Qué mujer!

Encendí un cigarrillo.

—A menos que venga la policía..., tendrás que hacerlo —observé—. Esos tipos que están en la escalera tienen muy malas intenciones.

Se acercó a la ventana y calculó la distancia. Se volvió y me miró.

—Es mucha altura —dijo.

Su voz denotó un ligero estremecimiento.

Pensé que, a pesar de todos sus defectos, era valiente.

—No te preocupes —dije—. Sólo necesitas tirarte; no es peligroso. Yo iré detrás. Supongo que no preferirás quedarte para que te agujereen la piel, ¿verdad?

Sin decir palabra, se desnudó. Luego se quitó los zapatos. Blondie era de la clase de mujeres que siempre usan ropa interior negra. En la semipenumbra reinante, sólo alcanzaba a ver sus hombros blancos.

Se oyeron tres estampidos, y los balas se hundieron en la pared frontera a la puerta. Alguien empezó a golpear la puerta. Era tiempo de marcharse.

—Vamos, nena. Se está mejor fuera —dije—. Siéntate sobre el borde de la ventana y deja colgar las piernas.

Trepó a la ventana y la sostuve hasta que se acomodó bien. Mis manos la sostenían de la cintura, y sentí que temblaba un poco.

—Tranquila, muchacha —le dije suavemente—. Te sigo inmediatamente. Respira hondo. Allá vas.

Le di un vigoroso empujón y me asomé para verla caer. Se sumergió en la oscuridad y luego se oyó el ruido de su cuerpo al chocar contra el agua. Puse el pie sobre el marco de la ventana y me arrojé sin pensarlo dos veces.

El agua estaba muy fría. Me pareció que me sumergía durante horas. De pronto, cuando ya creía que no tenía más esperanza, emergí a la superficie. Me sacudí el agua de los ojos y busqué a Blondie. Pasaron algunos instantes, y finalmente la vi a varios metros de distancia.

Di varias brazadas y me puse a su lado.

—Hola, nena —dije—. ¿Estás bien?

—Alguien me las pagará —dijo con furia concentrada—. Ya verán si no me lo cobro.

Sonreí en la oscuridad. El temperamento de aquella mujer no se enfriaba ni siquiera en el agua.

—¿Qué te parece si vamos a casa? —sugerí—. Creo que ya hicimos bastante en una noche.

11

No fue fácil meter a Blondie en mi apartamento. A ella no le preocupaba que se hicieran comentarios, pero a mí sí.

De todos modos, tuvimos bastante suerte. Después de nadar un rato, llegamos a uno de los muelles. Un estibador casi sufre un ataque cuando nos vio salir a pocos metros de sus pies. Cuando se recobró de la impresión que le produjo ver a Blondie en paños menores, nos echó una mano. Nos llevó a su cabina y nos facilitó un par de pantalones viejos. Parecíamos vagabundos, pero no nos importó.

El estibador pareció aceptar el cuento que le relaté, y cuando le prometí veinte dólares si nos conseguía un taxi, aumentó notablemente su buena voluntad. Así conseguimos llegar a mi apartamento.

Ahora, Blondie estaba tomando un baño caliente, y yo me había sentado frente al fuego, con un vaso de whisky en la mano.

No me gustaba mucho la idea de llevar a Blondie a mi refugio, pero la rubia no quería volver a su casa. Además, yo deseaba hacerla hablar, y aunque no había dicho más que tres o cuatro palabras durante el viaje en taxi..., y habían sido malas palabras, yo abrigaba la esperanza de conseguir algo más.

—Cuando termines —gruñí—, recuerda que estoy esperando.

—Muy bien —replicó—. Ven y dame la toalla.

—Puedes buscarla tú misma. Si no te parece mal, recuerda que yo soy inocente.

No dijo más, y al cabo de un rato apareció envuelta en mi bata de lana. Sus ojos conservaban la expresión de cólera, y su boca no reflejaba simpatía. Hizo un gesto con la cabeza en dirección al baño y se sirvió varios dedos de whisky.

Me metí en el baño y me duché rápidamente. El agua me hizo sentirme mucho mejor. Cuando salí, mi humor había cambiado.

Blondie estaba sentada al lado del fuego. Tenía un cigarrillo entre los labios y un vaso de whisky en la mano.

Me acomodé cerca de ella y encendí un cigarrillo. Así pasé un rato.

—¿Podrías decirme qué pasó? —pregunté finalmente.

Volvió la cara y me miró. Esta mujer estaba hecha de granito. Supongo que era la influencia de la calle. Aprenden a no tener sentimientos y a mantenerse en guardia ante la posibilidad de ser traicionadas a cada paso. Es la única arma de que disponen.

Al contemplar su rostro de expresión dura, no advertí ningún indicio de arrepentimiento. Era hermosa, pero no le servía de mucho. Con ojos de expresión dura y una boca desagradable no se va muy lejos.

—Escucha esto —dijo—. Me sacaste de un aprieto, pero lo hiciste porque creías que era otra, y no por mí. Tú y yo tuvimos una pequeña discusión anteriormente. Entiendo que no tenemos nada que ver el uno con el otro. Bueno, si pretendes ofrecerme tu simpatía, guárdatela. Me arreglo muy bien sin tu ayuda, ¿entendido?

Tratarla bien era lo mismo que gastar buenas palabras con una víbora. Sólo me quedaba un camino, y era usar sus propios métodos.

—Nada de simpatías, hermana —dije—. No gasto simpatía con la gente como tú. La reservo para quienes saben apreciarla. Quiero saber qué pasaba allí. Me metí en un lío mayúsculo y te saqué de una situación difícil. Tengo derecho a saber de qué se trata. De modo que bájate del caballo, no te hagas la dramática, y habla.

Me volvió la espalda.

—No hablaré —dijo. Me incorporé.

—Muy bien —dije—. Fuera de aquí...; vete..., al infierno contigo... ¡Sal volando de mi apartamento!

Se incorporó. Estaba sobresaltada e inquieta.

—Si no sales inmediatamente, llamo a la policía y te hago detener. Ya te imaginas de qué te acusaré , y te aseguro que haré que te condenen.

Comprendió que no tenía salvación. Cambió la expresión de su rostro y sonrió. Y se tornaba muy simpática cuando se reía.

—Muy bien, querido —dijo, toda dulzura—. Me portaré bien.

—Espero que comprendas tu posición —le advertí—. Te tengo bien atrapada.

Se sirvió otro vaso de licor. No cabía duda de que a Blondie le gustaba el buen whisky.

—Sí, querido —repitió—. Ahora tú mandas.

—Y ya que estamos —continué—, creo que ya te advertí que ese «querido» me da calambres. Ahora no estás trabajando.

Se me acercó y me rodeó el cuello con sus brazos.

—Podría estarlo —dijo, apelando a sus mañas profesionales.

Estaba representando una buena comedia. Pero me ponía nervioso. Me desembaracé de su brazo —confieso que no muy suavemente— y me alejé un poco.

—Tranquilízate —dije—. Quiero dormir algo. Se está haciendo muy tarde.

Durante un instante me pareció que se iba a enojar de nuevo, pero se contuvo.

—Bien, ¿qué ocurre contigo? —pregunté.

Se encogió de hombros.

—Simplemente, que Earl se cansó de tenerme a su lado. Y un sujeto como ése no sabe avisar de otro modo cuando quiere largar a una mujer.

Empezábamos mal. Una de esas respuestas difíciles, semiverdad y semimentira.

—Esos tres pistoleros ¿trabajan para Katz?

—Así es —asintió Blondie.

—¿Qué querían saber?

Me dirigió una rápida mirada. De nuevo sonrieron sus labios, pero sus ojos tenían una expresión suspicaz.

—No deseaban saber nada, querido —afirmó.

—¿Sí? Entonces, ¿por qué te golpearon?

El recuerdo de la tortura le ensombreció el rostro.

—Ya te expliqué... Es así como Earl me informaba de que estaba cansado de mí.

Me encogí de hombros. El interrogatorio no daba el menor resultado.

—¿Qué sabes de Spencer?

—Nunca oí hablar de él —replicó con voz inexpresiva.

—¿Conoces a una muchacha llamada Mardi Jackson?

De nuevo negó con la cabeza. Renuncié a seguir preguntando. Por otra parte, era demasiado dura como para arrancarle información por otros medios. Simplemente, se reiría de mí.

—Perfectamente, hermana —dije, poniéndome en pie—. Veo que tú y yo no vamos a ningún lado. Quizá algún día recapacites y hables claro. Ojalá que ese día no sea demasiado tarde para ti. ¿Tendrías la bondad de informarme de cuáles son tus planes? Como sabes, no puedes quedarte aquí.

—Pienso salir de la ciudad mañana mismo. Quiero que vayas a mi apartamento, recojas algunas ropas y me las traigas. Después, me marcho.

Tenía descaro, ciertamente. Pero me sentía cansado y no quería discutir.

—Como quieras —gruñí—. Puedes acostarte sobre el sofá, o en mi cama... Elige lo que gustes, y yo ocuparé el lugar que tú dejes.

A la mañana siguiente, el cielo apareció cubierto, Me levanté a las ocho, y no tardé mucho en llegar al apartamento de Blondie. Llevaba conmigo la 45 que había quitado al pistolero. Al parecer, había sufrido poco con la mojadura, y antes de salir me ocupé de limpiarla cuidadosamente. No deseaba verme sorprendido por Katz, y no me importa confesar que cuando me acercaba al lugar me sentía un poco nervioso.

Blondie me había dado una lista de las ropas y objetos que necesitaba. No era muy larga, y pronto concluí mi misión. Luego registré cuidadosamente el apartamento, pero no encontré nada.

Después de todas las aventuras vividas, no sabía más que antes sobre la suerte de Mardi. Ya había comprobado cómo se portaban los matones de Spencer. Si eran capaces de maltratar a Blondie, no vacilarían en emplear los mismos métodos con Mardi.

Estaba seguro de que Blondie sabía algo y de que habían tratado de averiguar qué era. Si Blondie se había decidido a abandonar la ciudad, quería decir que tenía miedo. De lo contrario, jamás hubiera abandonado su apartamento ni las relaciones que le permitían ganarse la vida.

Pero nunca me revelaría nada, como no fuera por su propia voluntad. Era demasiado astuta como para que yo pudiera sorprenderla. Ahora que Mardi había desaparecido, no me quedaba otra alternativa que investigar a fondo. No tenía otra solución.

Cuando regresé a mi apartamento, Ackie estaba allí. Se había sentado a los pies de la cama, y conversaba con Blondie.

Me detuve en el umbral del dormitorio y le miré con severidad. Me hizo un saludo por encima del hombro.

—Hola, compañero —dijo—. Estoy muy contento de haber venido a ver cómo estabas.

Tiré al suelo la maleta y miré a Blondie.

—Bueno; por los mil demonios —dije—, ¿por qué entras al apartamento en mi ausencia?

Ackie movió la cabeza.

—Siempre el mismo desagradecido —dijo—. No te molestes en presentarnos; ya lo hemos hecho nosotros mismos.

—Ya lo veo —dije sordamente—. Y te ruego que guardes reserva sobre este asunto... No quiero que toda la ciudad lo comente.

Ackie sonrió.

—¿Oyó eso? —preguntó a Blondie—. Cualquiera diría que es un santo, ¿no?

Blondie estaba encantada de verme en una situación embarazosa.

—No es ningún santo precisamente —dijo, al mismo tiempo que mostraba sus hombros y sus brazos.

—Vamos. Ackie —dije—. Necesito hablar contigo. Además, la dama quiere levantarse.

Era evidente que no deseaba salir del dormitorio, pero finalmente logré convencerle.

—Bien, bien —dijo con aire burlón—. Nunca lo hubiera creído, Nick.

—Ahora no puedo explicarte de qué se trata —le dije—. Pero, por lo que más quieras, no digas una palabra de lo que has visto. ¿La conoces?

Ackie se frotó la oreja con gesto reflexivo.

—Sí —dijo—. La conozco muy bien. Me imagino que todavía estás detrás del asunto Vessi. Bueno, lo cierto es que la investigación no deja de tener sus lados buenos...

—Y ahora, ¿puedes decirme a qué viniste?

—Naturalmente...; me había olvidado por completo. Cuando pasé a tu dormitorio y me encontré con Blondie, quedé muy impresionado. Bueno, los muchachos piensan dar una fiestecita esta noche en casa de Hughson. Se me ocurrió que podrías venir conmigo. ¿Qué te parece?

Con tal de desembarazarme de Ackie, habría dicho que sí a cualquier proposición.

—Seguro que iré —dije—. Ven a buscarme.

Le cogí del brazo y le llevé hasta la puerta.

—Y recuerda que me prometiste ser discreto —le dije, a guisa de despedida.

Después de cerrar la puerta, regresé al dormitorio. Se estaba alisando el cabello con mi cepillo. Todo el mundo parecía usar mi apartamento como si fuera un hotel.

—Un tipo muy divertido —dije.

—¡Oh, me resultó muy simpático, querido! —replicó, mirándome por encima del hombro—. Creo que es un hombre despierto.

Sin duda. Los dos formaban buena pareja.

—Bueno, nena —dije, ansioso por quitármela de encima—. Te traje la ropa, de modo que ya puedes prepararte para salir.

Terminó de arreglarse el cabello y abrió la maleta. Observé que hacía una mueca de desagrado al ver cómo había arreglado sus cosas, pero eso no me preocupó. Ya había demostrado bastante descaro al pedirme que fuera a su apartamento. Si no le gustaba mi modo de cumplir sus encargos, que se buscara otro chico para los recados.

Sacó algunas ropas y comenzó a vestirse. Me senté sobre el borde de la cama y la miré. Me inquietaba el hecho de que abandonara la ciudad, y la posibilidad de no volver a verla. Constituía un vínculo importante entre Katz y Spencer, y, por tanto, podía ser la pista que me llevara a Mardi. Decidí arriesgarme y realizar una nueva tentativa.

—Esa muchacha que trabajaba para Spencer en la Mackenzie Fabrics..., una mujer muy interesante. Me gustaría saber cómo encontrarla —empecé.

—Escucha, simpático —replicó, sin levantar los ojos—, no me interesa en absoluto tu vida amorosa.

Sentí la tentación de darle un puñetazo, pero mantuve las manos en los bolsillos.

—Esa muchacha desapareció —continué—, y no consigo hallarla.

—Si era una buena muchacha, se ha ahorrado un montón de molestias —dijo, mientras se ajustaba la falda.

—Te puedo dar una buena paliza —le aseguré con acento sombrío.

—Ya lo sé, ya lo sé. No tiene objeto volver a eso.

Me acerqué a Blondie y le cogí los brazos. La apreté fuertemente. Me miró, y su rostro adquirió una expresión dura.

—No te hagas el malo —advirtió—. No conseguirás nada de ese modo.

—¿No se te ha ocurrido pensar que Katz está ardiendo por meterte una bala en el cuerpo? —dije—. Te crees muy inteligente y piensas que podrás trabajar sola y salir bien librada. Quizá lo consigas, o quizá no. Si algún día leo que sacaron del río el cadáver de una rubia, me voy a reír mucho. Estoy dispuesto a ayudarte si me dices lo que sabes. Si tardas demasiado, quizá nunca mas puedas hablar. De modo que ésta es tu última oportunidad.

—¡Qué discurso! —comentó burlonamente—. Sé cuidarme sola, de modo que no te inquietes tanto. No te diré una sola palabra. Si estás tan ansioso por averiguar algo, investiga por tu cuenta.

Me encogí de hombros y la solté.

—Muy bien, nena —dije—. Adelante, que te haga provecho. No digas que no te advertí.

Terminó de vestirse y se ajustó el sombrero.

—La próxima vez que me veas, mira con atención. Puedes estar seguro de que Blondie ganará dinero..., y mucho.

Estas palabras me indicaron algo. Blondie estaba pensando ganar dinero fácil..., y eso sólo podía significar *chantaje*. Ahora comprendía por qué deseaba mantener reserva. En realidad, explicaba un montón de cosas.

—Cuidado con lo que haces, Blondie. Este juego es peligroso.

Su rostro carecía de expresión. Recogió la maleta y se encaminó hacia la puerta.

—Me voy —dijo—. Si no vuelvo a verte, mantente sereno.

Abrió la puerta y salió al corredor. La contemplé mientras se alejaba, la figura erecta, con un ligero movimiento de caderas, la cabeza erguida.

Me disponía a cerrar la puerta cuando vi al tipo del apartamento de enfrente, parado en el umbral de su puerta. Los ojos parecían querer salírsele de las órbitas.

—¿Todavía ve visiones? —le pregunté amablemente.

Y entré, dejando insatisfecha su palpitante curiosidad.

12

Cuando Ackie y yo llegamos a casa de Hughson, la fiesta estaba en su apogeo.

Había ocho parejas en el pequeño salón y el aire estaba lleno de humo. Todos bebían como desesperados y fumaban como condenados a muerte.

Se produjo un clamor general cuando Ackie entró, pero él se limitó a quitarse la americana y el sombrero, y a apoderarse de una botella de whisky.

Hughson se me acercó y me estrechó la mano.

—Es una fiestecita sin formalidades —dijo con aire de disculpa—. Me alegro de que hayas venido.

Me presentó a la mayoría de los concurrentes. Estaban casi todos los del *Globe* y cinco damas de curvas tentadoras. Todas parecían tan atractivas que no pude evitar un comentario. Hughson explicó que eran coristas de una revista musical que actuaba en el hotel Plaza.

Me instaló con un vaso de whisky y una pelirroja y luego se dirigió a atender a Ackie. Hughson no deseaba que Ackie se atendiera solo.

La pelirroja estaba bastante achispada y se reía por cualquier cosa. Me dijo que su nombre era Dawn Murray. Cuando le pregunté cuál era su verdadero nombre, se echó a reír estrepitosamente, pero no me contestó.

Estas fiestas son siempre iguales. Todos beben más de la cuenta y se ríen como descosidos cuando no hay nada de qué reír. Me imagino que no son más que una excusa para emborracharse en compañía.

Dawn comenzó a hablar de libros. El hecho me sorprendió, porque me había imaginado que no era el tipo de mujer que se preocupa por leer. Acababa de concluir *Las uvas de la ira*, de Steinbeck.

—Apuesto la cabeza a que ese tipo conoce bien el tema —dijo—. Seguramente vivió en esos campos. Es el libro más maravilloso que he leído jamás.

Un tipo alto y delgado que yo no conocía, y cuyo nombre no había entendido cuando me lo presentaron, prestó atención cuando oyó hablar a la pelirroja, y se acercó a nosotros. También él había leído la obra, por lo que supuse que eran almas hermanas. Me levanté discretamente y los dejé solos.

El indicio cierto de que una fiesta se desarrolla bien es cuando la gente empieza a meterse en la cocina. Decidí comprobar si alguno había llegado ya a esa etapa. Apenas entré me topé con dos parejas, cada una de ellas en un rincón, muy abrazadas y con las caras amorosamente pegadas.

Comprendí que la fiesta marchaba perfectamente.

—Tenga cuidado, ella puede morder —informé al individuo que estaba más cerca de la puerta.

El hombre se desprendió un poco.

—Apuesto cualquier cosa a que su madre pensaba que usted era un hombre despierto —comentó fríamente.

Nada ingenioso. Regresé al salón. Dawn y el tipo flaco habían agotado a Steinbeck y ahora estaban adiestrando las manos.

Alguien puso en marcha la gramola y todos se dedicaron al baile. No había mucho espacio, pero mientras tuvieran unos centímetros para arrastrar los pies y alguien a quien abrazarse, no se quejarían.

Por mi parte, me bastaba con un buen sillón y el espectáculo que me ofrecía el conjunto. Hughson se acercó y se sentó en el brazo del sillón.

—El viejo está muy complacido por tu trabajo en el asunto del coronel —dijo—. Dice que te has portado muy bien.

Hughson era de la clase de hombres que manosean un tema hasta que se cae en pedazos. Siguió hablando y hablando hasta que sentí que se me ponían los cabellos de punta.

Entonces, en medio de una frase de Hughson, se abrió la puerta y entró Mardi.

La reconocí inmediatamente, y no pude creerlo. Detrás de ella entró un sujeto alto, con mucho cabello castaño, peinado en ondas, y el tipo de piel bronceada que enloquece a las mujeres y, naturalmente, ojos azules. Un buen mozo, en resumen.

Contemplé a Mardi a través de la niebla de humo del tabaco y pensé que estaba viendo visiones. Cautelosamente, pregunté a Hughson:

—¿Quién es esa niña?

—No sé, pero voy a averiguarlo —dijo, incorporándose—. Preciosa, ¿no es cierto?

Se adelantó y estrechó la mano del individuo alto. Luego habló unas pocas palabras con Mardi. De pronto, comprendí que yo mismo me hallaba un poco achispado y me sentí incómodo. Estaba desarrollando una intensa antipatía contra el acompañante de Mardi y no me convenía demostrarla, por lo menos allí.

Hughson había interrumpido el baile y estaba presentando a los recién llegados. Me puse en pie y me ajusté el nudo de la corbata. Finalmente llegaron frente a mí. En medio del amontonamiento y de la nube de humo, Mardi no me había visto. Ahora estaba delante de mí. Nos miramos, y palideció intensamente.

—Le presento a Nick... —decía Hughson—. Un muchacho simpático. Es un abnegado paladín de la causa femenina. Tiene el inconveniente de que a veces lleva su abnegación a extremos heroicos...

Yo no le escuchaba. Mardi intentaba decirme algo sin hablar. Parecía atemorizada. Luego, viendo que yo no reaccionaba, dijo:

—Bueno, ¿cómo es posible que ahora se me brinde el honor de conocerle?

Entonces comprendí. Por una u otra razón no deseaba revelar que me conocía.

—Al fin ha llegado su oportunidad, y espero que no se sentirá desilusionada.

Una débil respuesta, pero la verdad era que me sentía desconcertado.

Hughson me presentó al tipo alto.

—Nick, te presento a Lee Curtis —luego volvió la cabeza y continuó—: Curtis, éste es...

Mardi le interrumpió, y lo hizo con mucha naturalidad.

—¡Oh Barry! —dijo—. ¿Quién es ese hombrecito tan divertido que está allí?

Hughson sonrió.

—Ése es Mo Ackie. El cronista más inteligente que conocerán en mucho tiempo. Vengan, los presentaré.

Se acercaron a Ackie, y éste comenzó inmediatamente a desplegar su ingenio. Por mi parte, estaba aprendiendo rápidamente. Primero, Mardi no deseaba demostrar que me conocía, y segundo, tampoco quería que Curtis supiera mi nombre. Personalmente, estaba en una situación difícil. Deseaba estrechar relaciones con Mardi, pero era obvio que ella no quería ofrecer el menor indicio a Curtis. En resumen, debía esperar y aguantar.

En eso estaba, cuando se me acercó Dawn.

—Baila conmigo, hombre ardiente —dijo—. Aplástame entre tus brazos. Todos mis instintos se han despertado.

De buena gana le hubiera fracturado el cuello, pero comprendí que era mejor mezclarme con la gente. En un rincón, Mardi y Curtis conversaban con Hughson. Curtis estaba de espaldas, pero Mardi mantenía los ojos fijos en mí mientras me deslizaba por el salón.

—¡Podrías prestarme un poco de atención! —observó Dawn—. Esa morena no es para ti.

Aparté la vista de Mardi y miré a mi compañera.

—No necesitas preocuparte —dije, sonriendo—. Además, en todo caso podrías arreglarte con el hombre de los ricitos rubios.

Movió la cabeza.

—No quiero saber nada de él —dijo.

Maniobré en dirección al extremo más alejado del salón.

—¿Conoces a Lee Curtis? —pregunté.

—¿Que si le conozco? —dijo—. Bastante.

En ese momento concluyó la pieza.

—¿Qué te parece si vamos a la cocina a tomar una copa? —propuse.

—Eso es lo que más me gusta de ti. Siempre te anticipas a mis deseos.

Salimos del pequeño salón y pasamos a la cocina. Estaba totalmente oscura, pero yo sabía dónde había una linterna. Dawn sostuvo el artefacto mientras yo preparaba las bebidas. Finalmente, nos sentamos sobre el borde de la mesa, con la linterna entre los dos.

—Me interesa ese Curtis —dije—. Cuéntame algo.

—No hay mucho que contar. Tiene algo de dinero, le gusta divertirse, aprovechar las oportunidades y cambiar de compañera de lecho todas las semanas.

—¿De qué vive? —pregunté.

—¡Oh, tiene un alto puesto en la Mackenzie Fabrics! Secretario de la compañía o algo por el estilo. ¿Podríamos dejar el tema? Me aburre.

—¡Oh, está bien! —dije.

Reflexioné rápidamente. De modo que aquel sujeto estaba metido en el mismo negocio. Ahora comprendía por qué Mardi no había querido que conociera mi nombre. Me dije que Mardi sabía algo y que muy pronto descubriría de qué se trataba.

Me entretuve un rato con Dawn y luego la dejé en la oscuridad, esperando pacientemente mi retorno. Pero yo había decidido que ya tenía bastante de ella por esa noche.

Entré en el salón. La fiesta continuaba. Mardi bailaba con Hughson. Entonces oí el teléfono en el cuarto vecino. Hughson me miró y me dijo:

—¿Quieres atender la llamada, Nick?

—Muy bien —dije, y fui al aparato—. Diga. El apartamento de Barry Hughson.

Era una voz femenina.

—¿Está ahí el señor Lee Curtis?

—Un momento —dije, y deposité el receptor sobre la mesa.

Volví al salón. Curtis estaba conversando con la muchacha de Ackie.

—Le llaman por teléfono —dije.

Pareció sobresaltarse.

—¿Está seguro? —preguntó, poniéndose en pie.

—Si usted se llama Curtis, estoy seguro —repliqué.

Me dirigió una mirada hostil y se marchó al otro cuarto. Le vi cerrar cuidadosamente la puerta y busqué con la vista a Mardi. Antes de que pudiera hablarle, la amiga de Ackie comenzó a charlar. A veces, las mujeres son el mismo infierno.

Cuando conseguí separarme de ella, Curtis ya había regresado. Parecía muy contrariado. Se encaró con Hughson.

—Lo siento —dijo—. He recibido una llamada telefónica urgente. Debo regresar a mi casa.

Hughson no pareció inquietarse ante la noticia. Emitió una serie de gruñidos de simpatía.

—¿No pensará llevarse a Mardi con usted? —preguntó con acento ansioso—. Ella y yo nos estamos llevando muy bien...

Me acerqué un poco más para escuchar mejor.

Curtis miró a Mardi.

—Te llevaré a tu casa —dijo—. ¿O prefieres quedarte? Lamento mucho esto, pero...

Mardi movió la cabeza.

—Me quedaré. No te inquietes. Podré regresar.

Curtis vacilaba. Era evidente que no deseaba marcharse.

—Yo la acompañaré de regreso a su casa —intervino Hughson—. No se preocupe.

—Muy bien —dijo Curtis—. Te veré mañana.

Rápidamente se encaminó hacia la puerta, sin molestarse en saludar a nadie.

Mardi pidió a Hughson que le trajera una bebida.

—Enseguida —replicó Hughson—. Un instante y estoy de vuelta.

Tan pronto como Hughson desapareció en el interior de la cocina, me acerqué a Mardi. Abrigaba la esperanza de que Dawn retuviera un rato a Hughson.

—Quiero hablar con usted —dije en voz baja—. ¿Puedo llevarla a su casa?

La joven asintió.

Nada más mirarla empecé a sentirme mejor.

—¿No tiene inconveniente en que nos marchemos cuanto antes?

—Cuando guste —respondió Mardi. Hughson retornó con la bebida que Mardi había solicitado. Cuando me vio, su rostro se ensombreció.

—Vete, muchacho —dijo—. En la cocina hay una virgen esperándote.

—Demasiado tarde, Barry —contesté—. Mardi y yo somos viejos amigos. Beberá esa copa y nos marcharemos..., juntos y solos.

Hughson se volvió hacia Mardi.

—Ya le había hecho algunas advertencias sobre este tipo —dijo con verdadero calor—. Siempre está apoderándose de cosas que no le pertenecen y destruyendo hogares.

Mardi se echó a reír.

—A decir verdad, no me siento destruida —dijo—. Se está haciendo tarde, Barry, y debo retirarme.

Hughson lanzó un gemido.

—Concédame una pieza y la dejo ir —rogó—. Sería mejor que me permitiera acompañarla hasta su casa.

Hice una seña de asentimiento a Mardi. No deseaba que nuestro acuerdo llamara demasiado la atención. Bailaron, y yo me acerqué a Ackie. Le informé de que me marchaba.

Estaba tan borracho que poco le hubiera importado que me suicidara.

—No la trates mal —dijo, volviendo los ojos—. Es una buena muchacha.

Hice una seña a Mardi, indicándole que la esperaba en la planta baja. No deseaba que Dawn irrumpiera en el salón precisamente cuando yo salía con Mardi. En realidad, no hubiera necesitado preocuparme, porque, según me enteré después, la muchacha se había dormido debajo de la mesa de la cocina.

Cinco minutos después, Mardi bajó. Cubría sus cabellos un hermoso sombrerito y sobre el vestido llevaba un chaquetón de pieles. Cada vez me gustaba más.

Poco después apareció un taxi. Le hice señas y el conductor acercó el coche al borde de la acera.

—¿Cuál es su dirección? —pregunté a Mardi.

Vaciló. Finalmente, dijo:

—En realidad..., ya no tengo casa... ¿No cree que podría ir a un hotel?

—¿Tiene equipaje? —pregunté, asombrado.

—En la estación —replicó—. Podría ir a buscarlo, pero la verdad es que pienso tomar el tren muy temprano.

—Si la invito a venir a mi apartamento, quiero que sepa que no abrigo segundas intenciones. Simplemente le ofrezco mi techo, y espero que lo acepte.

Durante varios segundos me miró, y luego dijo:

—Gracias. Es usted muy amable.

No podía creer en mi propia suerte. Pero la ayudé a subir al taxi.

13

Durante el corto trayecto del apartamento de Hughson al mío no hablamos una palabra. Me parecía increíble que estuviera a mi lado, dispuesta a compartir mis habitaciones, y todo ello después de una relación tan breve.

Cuando una muchacha se muestra tan condescendiente, por lo general significa que la fortaleza está dispuesta a rendirse. Pero en el caso de Mardi era diferente. Toda su personalidad creaba una especie de muralla protectora que desalentaba los pensamientos bajos y mezquinos. No quiero decir con ello que no existieran individuos capaces de mostrarse irrespetuosos con Mardi. Pero no era ése mi caso.

Se sentó tranquilamente en un rincón del asiento y se puso a mirar por la ventanilla. Cuando pasábamos al lado de una farola, alcanzaba a verla claramente.

Llegamos a mi apartamento y despedí el taxi. Subimos silenciosamente a mi piso. Temía encontrarme con el vecino de enfrente, pero como eran cerca de las dos de la mañana supuse que estaría durmiendo.

Llegamos a mi apartamento sin inconvenientes de ninguna clase. Cerré la puerta, encendí la luz y arrojé mi sombrero sobre un sillón.

—¡Uf! —dije—. Le aseguro que me sentía nervioso mientras subíamos la escalera.

Mardi estaba examinando la salita.

—Un hermoso lugar —comentó—. Qué cantidad de libros..., ¡y qué ingenioso esto!

Se acercó a contemplar mi bar miniatura, en un rincón de la sala. Los dos hablábamos en voz baja, como conspiradores. Me acerqué al mostrador y le pregunté:

—¿Qué desea tomar? ¿Un poco de whisky con *ginger*?... Es muy bueno para dormir bien.

Me miró de nuevo. Comprendí que todavía dudaba de mí; no era miedo, sino falta de seguridad.

Sonreí.

—Nena —dije—, no necesita preocuparse por mí. Sé lo que está pensando, pero puede olvidarse de ello. Con otra mujer, sí, pero no con usted. Me imagino que nunca habría aceptado venir si no hubiese tenido urgente necesidad de ayuda... Bueno, estoy dispuesto a ayudarla, y no quiero recompensa.

Después de oír esto, noté que disminuía la tensión.

—Prepáreme muy poco whisky con mucho *ginger* —dijo.

Mientras yo preparaba las bebidas, Mardi se sentó en uno de los sillones. Desde donde yo estaba podía verle la cabeza y las piernas. Abrió el chaquetón de pieles y lo dejó caer sobre el respaldo del sillón.

La atmósfera estaba fría, por lo que resolví encender la estufa eléctrica que utilizaba en los días demasiado frescos, cuando no funcionaba la chimenea.

Me acerqué con las bebidas y le entregué uno de los vasos. Luego me recosté contra la pared y ambos bebimos.

Mardi se acomodó en el sillón, con el vaso en la mano, y cerró los ojos durante algunos instantes. No quería apremiarla. Supuse que deseaba ordenar sus ideas; por mi parte, me contentaba con mirarla y gozar de la contemplación de su belleza.

—Ciertamente, necesito su ayuda —dijo finalmente.

—Muy bien. Puede contar conmigo. Si está en un aprieto, no se asuste. Ya veremos cómo encontrar solución.

—Señor Mason, ¿realmente está dispuesto a ayudarme?

Con semejante introducción, ganó definitivamente mi voluntad.

—A decir verdad, estoy loco por usted —dije—. Usted es la primera mujer con quien puedo hablar sin pensar inmediatamente en..., bueno, usted me entiende..., y al mismo tiempo..., ¡oh demonios! No sé cómo explicarlo...; lo único que sé es que me tiene a mal traer...

Mi declaración la sobresaltó. Trató de incorporarse.

—Un momento —dije rápidamente—. Usted me preguntó y yo le contesté. Eso no significa que usted y yo seamos más que amigos. No quiero que piense que estoy representando una comedia. No se trata de eso. He sido sincero con usted, de modo que, por lo que más quiera, no me atribuya intenciones que no tengo.

Volvió a acomodarse en el sillón.

—Realmente, señor Mason... —empezó.

—Escuche, ¿no podría llamarme Nick? No insistiré si le resulta molesto, pero me agradaría mucho.

Mardi se echó a reír.

—Usted está loco —dijo—, pero es simpático. Le agradezco todo lo que me ha dicho. Necesito que alguien me indique lo que debo hacer, y creo que he tenido mucha suerte al encontrarle.

¿Qué les parece? ¡Se consideraba afortunada por haberme encontrado! ¡Era demasiado!

Cuando conseguí reaccionar de la sorpresa, dije:

—Muy bien. ¿Por qué no me explica de qué se trata?

Me devolvió el vaso.

—No quiero más licor.

Se puso en pie y se quitó el sombrero. Vestía un traje de noche verde oscuro, que se abría en una amplia falda, que, sin duda, costaba mucho dinero.

—¿Puede ofrecerme un cigarrillo?

Yo estaba dispuesto a ofrecerle la luna. Le encendí el cigarrillo y se sentó sobre un brazo del sillón.

—Éste es el episodio más absurdo de mi vida —dijo finalmente—. Quizá sea mejor empezar por el principio. ¿Recuerda el día que fuimos a almorzar?

Asentí. ¿Si recordaba? Vaya, ¡si lo tenía tatuado en el cerebro!

—Cuando regresé, el señor Spencer me mandó llamar; estaba furioso porque había salido con usted. Yo no alcanzaba a comprender a qué se debía su actitud. Creo que también perdí los estribos y le contesté que salía a almorzar con quien se me antojaba. Por ello, me despidió.

Se detuvo un momento para dar lugar a mis comentarios. No me pareció conveniente informarle de que ya conocía el episodio. Era posible que se incomodara si sabía que había estado haciendo averiguaciones. De modo que me limité a emitir algunos gruñidos de reprobación, y no dije nada.

—Estaba tan nerviosa que salí inmediatamente de la oficina y me marché a mi casa. A la mañana siguiente recibí una carta en la que se me pedía que fuera a ver al señor Spencer. Tiré la carta a la papelera y no fui. Pasé la mañana buscando otro empleo. Me sorprendió la cantidad de ofertas que recibí.

—Un momento. Dice que recibió muchas ofertas. ¿Qué hay de sorprendente en eso?

Se encogió de hombros.

—Usted sabe cómo están las cosas actualmente. No es muy fácil encontrar empleo. A decir verdad, recibí algunas ofertas realmente fantásticas. Supuse que había algo raro, de modo que no acepté ninguna. Regresé a mi casa para reflexionar con más tranquilidad.

—¿Dijo que había estado trabajando con la Mackenzie Fabrics?

—Naturalmente.

—¿Y buscaba empleo dentro del mismo ramo?

—Sí —replicó Mardi, después de mirarme con cierta desconfianza.

—Entonces —observé, sonriendo— no creo que haya ningún misterio. La Mackenzie Fabrics paga los más elevados dividendos dentro del ramo. Tienen más dinero que todo el resto sumado. Es evidente por qué los competidores deseaban obtener sus servicios. Esperaban conseguir información sobre los secretos de la Mackenzie.

Mardi pareció sentirse un poco desconcertada, pero luego se echó a reír.

—No había pensado en eso —confesó.

—Y luego, ¿qué ocurrió?

Movió la cabeza.

—A partir de ese momento comenzaron a complicarse las cosas. Cuando regresé a mi casa encontré a Lee Curtis esperándome. Es la mano derecha de Spencer. En la oficina nadie le quiere, y no me agradó mucho verle allí. Me dijo que Spencer deseaba mi regreso. Lamentaba haberse enojado, y esperaba que yo olvidara el incidente. Bueno, yo me sentía ofendida, y sabía que tan pronto quisiera obtendría un empleo por lo menos tan bueno como el que había perdido, y, por ello, me negué. Curtis empezó a presionarme, y finalmente me persuadió para que fuera a ver a Spencer. La actitud de Spencer me llamó la atención —continuó Mardi—. Ignoraba el motivo, pero lo cierto es que casi me rogó que regresara. Me negué. Recuerdo la escena. Estaba sentado tras su gran escritorio, palideció y con voz ronca me dijo: «Lamentará su actitud. En su lugar, me iría inmediatamente de la ciudad». Realmente, me sentí aterrorizada, y esa noche no logré conciliar el sueño. A partir de la mañana siguiente me han vigilado constantemente. Un hombre alto y delgado, vestido de negro y con un sombrero sobre los ojos, me sigue a todas partes. Dos días fueron suficientes. Empaqueté mis cosas, avisé a la dueña de la pensión y me preparé para salir de la ciudad.

—¿Adónde pensaba ir? —pregunté.

—Proyectaba trasladarme a la costa. Deseaba descansar, y como he ahorrado un poco de dinero, creí conveniente no hacerme ver hasta que se hubieran olvidado de mí.

No quería atemorizarla, pero pensé que no era probable que la olvidaran. Me limité a preguntar:

—¿Qué ocurrió después?

Se retorció nerviosamente las manos, y arrugó el ceño.

—Me creí muy inteligente —dijo—. Encargué a la dueña de la pensión que enviara mi equipaje a la estación y comencé a dar vueltas por la ciudad, siempre con mi perseguidor pisándome los talones. Supuse que podría desprenderme de él, llegar a la estación y abandonar la ciudad sin que nadie se enterara.

Me dirigió una sonrisa un poco triste. Sentí un escalofrío. Las sonrisas de esa muchacha me impresionaban poderosamente.

—Ya estaba mi plan en marcha —continuó—, cuando me encontré con Curtis. No quiso oír mis protestas y no logré desprenderme de él en toda la tarde; luego insistió en llevarme a la fiesta de Barry Hughson. Y eso es todo.

Entorné los ojos y procuré asimilar todo lo que me había relatado.

—¿Por qué cree que me llevó a casa de Hughson y luego me abandonó?

—¿Curtis está enamorado de usted? —pregunté.

Mardi pareció sentirse incómoda ante mi pregunta.

—Se ha mostrado un poco cargante —admitió—. Pero es la misma actitud que adopta con todas las mujeres.

Había una serie de razones que podrían haber impulsado a Curtis a llevarla al apartamento de Hughson, pero no era mi intención mencionárselas. Quizá Spencer había planeado desembarazarse de Mardi y Curtis estaba al tanto del proyecto. Si Curtis la quería—y si ése era el caso, no se lo censuraba—, probablemente se había propuesto acompañarla para que no le ocurriera nada. Una vez en el apartamento de Hughson, podía creer que Mardi estaba segura. En ese momento había llamado otra mujer y Curtis se había visto obligado a salir.

Se me ocurrió que Mardi corría verdadero peligro. El problema consistía en saber cuánto sabía realmente.

—¿Qué le parece si le cuento todo lo que sé? Quizá entonces podamos descubrir dónde encaja usted.

—¿Le parece que encajo en alguna parte? —preguntó.

—Sí, me temo que sí.

Encendí otro cigarrillo y comencé a hablar:

—Le explicaré el problema como si usted no supiera nada. Comencemos por el principio. Hace un año, Larry Richmond fue muerto a tiros. Era un ricacho que ocupaba el puesto de presidente de la Mackenzie Fabrics. No era más presidente que yo, pero eso no interesa por ahora. Su ocupación principal consistía en distribuir las acciones de la compañía entre sus amigos ricos. Bueno, se desenvolvía bien, no porque fuera un buen vendedor, sino porque las acciones rendían buenos dividendos. Las ganancias aumentaban y todos vivían contentos y felices.

La Mackenzie Fabrics no era más que una pantalla que ocultaba cierta actividad ilegal, con una lista de accionistas que incluía al comisario de policía y a los funcionarios de la Aduana. Richmond vivía bien y prosperaba. Como todos recibían su parte en forma estrictamente legal, nadie protestaba. Muy bien; ésta es la primera parte del cuento. El hecho de que Richmond nunca apareciera por la oficina y se limitara a pasear y a gastar, demuestra que Spencer era quien dirigía realmente el negocio.

Me interrumpí para beber un sorbo de whisky. Mardi permanecía inmóvil. Estaba un poco pálida y parecía fatigada. Eran cerca de las tres, pero yo necesitaba concluir mi relato.

—Entonces, muere Richmond. Lamentable, porque Spencer fue el asesino. Supongo que estaría cansado de realizar todo el trabajo, mientras Richmond se llevaba los beneficios. Pero si condenaban a Spencer, se iba al diablo la Mackenzie Fabrics. Eso no convenía a los accionistas. No estoy seguro, pero puedo imaginarme lo que ocurrió. Se reunieron, y llegaron a la única conclusión posible. Alguien tenía que desempeñar el papel de conejo de Indias. Ahora bien: se sabía que Richmond era muy aficionado a las mujeres. Le bastaba con que fueran bonitas. Cuando le mataron andaba con una buscona, y ella era la mujer de Vessi, un sujeto de cuidado. Nada más sencillo. Vessi fue el conejo de Indias. Le armaron una trampa tan perfecta que ni tiempo tuvo de reaccionar. Debió hacer frente a la policía, a los jueces, a Spencer, a los abogados. Le liquidaron. Sin más trámites. Y para que no hubiera ningún hueco, compraron también a la mujer. Aquí entro yo. Para mí, el caso era uno de tantos: un sórdido drama sin interés particular. Una noche recibo una llamada telefónica, y una mujer me dice que me manda un pase para presenciar la ejecución de Vessi. Dice que éste me dirá algo, y que ella me pagará diez mil dólares para que investigue el asunto. Antes de que yo pueda decir una palabra, la mujer cortó la comunicación. Muy bien, ya estoy en el baile. Marché a la prisión y fui testigo de la ejecución de Vessi. Antes de que le envenenaran con cianuro, me dijo que Spencer era el culpable. Transmití la novedad a la mujer del teléfono, quien me manda cinco mil dólares en prueba de buena fe. Antes de poder asegurar el dinero, Blondie, la mujer de Vessi, se introduce aquí y me los quita. Practiqué algunas investigaciones y descubrí el refugio de la niña en cuestión. Tuvimos algunas palabras un poco acaloradas, y entonces apareció Katz. Katz es el guardaespaldas de Spencer. Un tipo que siempre anda armado y con unos deseos tremendos de usar su artillería. Al parecer, lo único que le interesa es averiguar quién me propuso realizar la investigación. Bueno, le conté algo, pero nada que no supiera ya. De todos modos, se lo creyó. Entonces reflexioné sobre el asunto y llegué a la conclusión de que no me interesaba. Soy un hombre amante de la paz y esto se estaba poniendo demasiado caliente. Además, ¿qué me importaba la muerte de Vessi? No era más que un delincuente de segunda categoría. A esa conclusión había llegado, cuando la dama del teléfono habló de nuevo, y aproveché para comunicarle que me retiraba. Esa mujer me interesa. Quisiera saber quién es. Estuve cerca de ella el otro día. Pero no logré verle la cara. No le daré detalles ahora..., quizá más adelante. El segundo factor que me atrajo fue usted. Quería verla otra vez, pero cuando quise ponerme en contacto con usted, había desaparecido, y el hecho me preocupó. Mi preocupación aumentó cuando la mujer del teléfono me insinuó que usted se hallaba en apuros y que posiblemente la encontraría en un viejo muelle del barrio Este. Obedecí a la indicación y tuve una discusión con tres tipos, y en lugar de hallarla a usted me encontré con Blondie. También ella se ha marchado de la ciudad. Finalmente, me encontré con usted en el apartamento de Hughson. Y eso es todo.

—Creo que puedo ayudarle —dijo Mardi—. Había muchas cosas incomprensibles, pero ahora empiezo a entender.

—¿Por qué no miramos las cosas desde este punto de vista?... —empecé a decir.

Mardi me sonrió.

—¿No podríamos continuar mañana? —preguntó—. Estoy tan cansada... ¡Vea qué hora es! Temo dormirme en este sillón.

—No tengo inconveniente —repliqué—. Creo que estoy abusando de usted. Mañana podremos discutir los detalles y trazar un plan de acción.

Se puso en pie lentamente. Parada frente a la estufa eléctrica, dorada por los reflejos de los hilos incandescentes, parecía más bella aún. Sentí la vehemente tentación de abrazarla, y me costó mucho contenerme.

—Ahí está el dormitorio —dije—. Acuéstese ahora mismo y duerma.

—¿Puede prestarme alguna ropa de dormir? —preguntó con voz soñolienta.

Me adelanté y extraje de un cajón de la cómoda un pijama, que deposité sobre la cama.

Entró en el dormitorio y me miro.

—Es muy amable por su parte cederme la cama. ¿Le molesta hacerlo?

No me moví. No confiaba en mi propio control.

—No, no me molesta —dije.

El tono de mi voz le hizo comprender lo que yo sentía.

—Lamento no poder hacer lo mismo que haría la mayoría de las muchachas —dijo—. No porque lo crea incorrecto, sino porque me parece demasiado pronto.

Me acerqué a ella.

—Te quiero —dije—. No necesito nada. Sólo deseo que sepas que estoy loco por ti y que quiero ayudarte.

Apoyó su mano sobre mi brazo.

—Gracias —dijo.

Le dirigí una sonrisa y abandoné el dormitorio, cerrando la puerta tras de mí.

El pistolero corpulento y Gus estaban sentados en el salón, esperándome. El primero de ellos sostenía una pistola en la mano y me apuntaba.

—Levante las manos y quédese quieto —dijo con voz pausada.

14

La sorpresa me inmovilizó. Luego me recosté contra la puerta y levanté los brazos. El de la pistola me miraba con desagradable malignidad. Sin duda no me guardaba ninguna simpatía.

¿Sabían que Mardi estaba en el dormitorio? ¿Buscaban a Mardi, o simplemente deseaban arreglar cuentas conmigo?

—¿Qué tal, Gus? —dije amablemente—. Parece que siguen buscando camorra, ¿eh?

El de la pistola hizo un movimiento con el arma.

—Quítese de la puerta, queremos ver a la dama. Vamos..., no se lo diré dos veces.

—Mardi, cierra con llave la puerta —grité—. Estamos en situación apurada.

Gus se echó sobre mí lanzando una maldición. Se adelantó siguiendo una línea sesgada, para no quedar en la línea de tiro de su compañero. Me quedé a la puerta y esperé el encontronazo.

—Quítale de ahí —dijo el otro—. Si intenta algo le liquido.

Gus me cogió del brazo y trató de apartarme de la puerta, pero yo era demasiado pesado para él, y por un instante perdió el equilibrio. Retraje el brazo, y mi oponente cayó en la línea de fuego. Me aferré a él con una mano y con la otra le apliqué dos golpes en el vientre. Con el pie di varios golpes en la puerta al mismo tiempo que gritaba:

—Cierra con llave rápidamente.

Los dos puñetazos frenaron durante unos instantes a Gus, pero luego consiguió encajarme un golpe a la mandíbula. Caí al suelo, pero logré arrastrarle conmigo.

El sujeto corpulento se acercó rápidamente y me puso la pistola sobre el cuello.

—Quieto —dijo suavemente—. Esta pistola no hace mucho ruido.

El frío contacto del acero me tranquilizó. Solté a Gus, que se incorporó inmediatamente.

—No quiero liquidarle —observó el amigo de Gus—. Pero lo haré si me obliga a ello.

Le miré, y su expresión me hizo comprender que hablaba en serio.

—Muy bien, no me resistiré —dije.

El cañón de la pistola se me antojaba del tamaño de un cañón de artillería.

—Cuidado con él —dijo Gus—. Es traicionero.

El gordo movió la cabeza.

—No nos causará más problemas, ya verás.

Me senté sobre el suelo, esperando que en cualquier momento Mardi gritara por la ventana. Pero no se oía el menor ruido, y comencé a sentirme desalentado.

—Vamos, levántese —dijo el gordo, aumentando la presión de la pistola sobre mi cuerpo.

Me incorporé.

—Si piensa intentar algo, olvídelo. Esta pistola tiene un gatillo muy sensible.

Sin duda el sujeto ardía en deseos de demostrarme su afirmación. Me convenía esperar una oportunidad mejor.

Gus pasó a mi espalda y me echó los brazos atrás. Puse rígidos los músculos, pero la pistola seguía apuntándome. Consideré que sería más útil vivo que muerto, de modo que los dejé maniatarme.

Cuando concluyeron me examinaron con ojo crítico.

—Terminemos —dijo Gus a su compañero.

Se dirigió a la puerta del dormitorio y manipuló en el picaporte. Estaba cerrado con llave. Yo sabía que les costaría abrirla. Podían lograrlo, pero haciendo mucho ruido.

—Basta ya —dije—. ¿No pueden dejarnos tranquilos? No conseguirán entrar a menos que derriben la puerta. ¿Por qué no se van de una vez?

El compañero de Gus sonrió con malignidad.

—Eso no es problema —aseguró—. Ya verá como sale rápidamente y sin ruido.

Se dirigió a la puerta y apartó a Gus. Aplicó la cabeza al panel de la puerta y dijo con su voz agria:

—Salga, hermana. De lo contrario, empezaremos a trabajar con su amiguito.

—Al infierno con ellos, Mardi —chillé—. Quédate ahí. Grita por la ventana.

Gus me golpeó la boca con el revés de la mano. Sus nudillos me partieron los labios y me tambaleé en medio de la habitación.

El gordo golpeó nuevamente la puerta.

—Espere un minuto, hermana —dijo—. No haga nada antes de haberme escuchado. Después puede decidir lo que más le conviene. Sé que está ahí dentro, de modo que no trate de esquivarme. ¿Me oye?

—Le oigo —replicó Mardi.

—Si no sale inmediatamente, le aplico el tratamiento a su amigo. Y será el tratamiento definitivo, ¿comprende? Diez segundos para salir, o de lo contrario...

Esquivé el ataque de Gus y grité:

—No obedezcas, Mardi... Grita por la ventana... No abras.

De nuevo me alcanzó el puño de Gus y caí al suelo. Pero pude desviar la cabeza, eludiendo el puntapié que me dirigió.

Mardi abrió la puerta y salió.

Gus y su colega permanecieron inmóviles, boquiabiertos. Mardi estaba en el marco de la puerta, una mano al costado y la otra apoyada sobre el picaporte. Estaba pálida, pero no parecía atemorizada.

—¿Qué quieren? —preguntó con voz calmosa y fría.

Me sentí orgulloso de la calma y el valor que demostraba frente a los dos delincuentes. El gordo se adelantó, con una sonrisa maligna en los labios.

—¡Bueno! ¡Bueno! —exclamó—. ¿Qué te parece? Vamos a dar un paseíto, nena. Póngase el abrigo, ¿quiere? Y apresúrese.

Me incorporé.

—Escuchen —dije, sin perder de vista a Gus, que se me acercaba—: No conseguirán nada de este modo. Déjense de historias, por favor.

El gordo se dirigió a Gus.

—Si este tipo vuelve a hablar, ciérrale la boca —Gus extrajo una cachiporra del bolsillo trasero del pantalón. La balanceó con aire complacido.

—Seguro —dijo, con una sonrisa.

Mardi quiso acercarse a mí, pero el gordo se interpuso.

—No queremos hacerles daño —dijo—. Pero nos veremos obligados a ello si no se portan bien.

Mardi me miró y yo le respondí con una sonrisa descolorida. Me desagradaba profundamente la situación en que nos encontrábamos.

El sujeto gordo se puso a su lado.

—Muy bien —dijo—. Ahora bajaremos. Si usted arma lío, Gus liquidará a su amigo. ¿Oíste, Gus?

—Perfectamente —replicó Gus.

Me echó mi abrigo sobre los hombros, y pasamos al corredor. Descendimos la escalera hasta la calle, donde esperaba un gran coche cerrado. Las calles estaban desiertas, y no asomaban aún las primeras luces de la aurora. Transcurriría todavía una hora antes que comenzaran a pasar transeúntes.

Gus me empujó hacia el asiento trasero, y el gordo me siguió. Luego subió Mardi. Los tres estábamos sentados en hilera. Gus se acomodó en el asiento delantero, frente al volante. Puso en marcha el motor y el coche arrancó.

El gordo volvió el rostro hacia Mardi.

—No tenga miedo —dijo—. En realidad, yo podría mostrarme muy amable con usted si no fuera tan orgullosa.

—Oiga, grasiento —intervine—, ¿por qué no se calla? Me da dolor de estómago.

El rostro del tipo adquirió una expresión de dureza.

—Me estoy cansando de usted —anunció—. Y le aseguro que dentro de poco no se sentirá tan gallito.

Calculé mis posibilidades si le atacaba. Pero no era ningún tonto. Debió de adivinar que yo preparaba algo, porque me hundió la pistola en las costillas.

—Quédese quieto —me dijo secamente.

El coche atravesaba velozmente las calles desiertas. A la débil luz del tablero podía distinguir el perfil de la cabeza de Gus. Mantenía los ojos fijos en la calle y conducía con seguridad.

—¿Adónde demonios nos llevan? —pregunté, por decir algo.

—¿Oíste, Gus? —preguntó irónicamente el gordo—. Quiere saber adónde le llevamos.

Gus se encogió de hombros, pero no dijo nada. Deseaba mantener el pensamiento del gordo alejado de Mardi, de modo que continué hablando.

—¿Cómo se llama usted? —pregunté—. Es molesto llamarle siempre «grasiento».

Se volvió hacia mí. Comprendí que se estaba endureciendo.

—Nada conseguirá de ese modo —me advirtió—. Cállese la boca. Estoy cansado de oírle hablar.

Entretanto, Mardi no había pronunciado una sola palabra. Casi no alcanzaba a verla, y cuando quise inclinarme hacia delante, el gordo me clavó el codo en el cuerpo.

Se me ocurrió que, cuando tuviera oportunidad, le pagaría con creces el mal trato de que me hacía víctima.

De pronto, reconocí el sonido de la sirena de un barco. Comprendí que volvíamos al muelle Wensdy. Pocos minutos después, el coche entraba por la callejuela que ya me era familiar y se detenía frente a la misma casa.

Gus bajó el primero y abrió la puerta del asiento trasero.

—Salga —ordenó a Mardi.

La joven descendió a la acera, y el pistolero le ordenó que entrara en la casa. Le siguió el sujeto gordo, que me llevaba del brazo. En silencio ascendimos la escalera, hasta llegar a la habitación donde habían tenido prisionera a Blondie.

—De nuevo en casa —comenté, apoyándome contra la pared.

Entretanto, había tratado de romper las ligaduras que me inmovilizaban las manos, pero sin resultado. Eran sólidas y resistentes.

Gus me obligó a sentarme en una silla.

El otro pistolero salió al corredor, y le oí entrar en uno de los cuartos vecinos. Empezó a hablar, y luego le contestó otra voz profunda. Advertí que Mardi se sobresaltaba y que me miraba fijamente. Dijo algo con los labios, pero no pude entender de qué se trataba.

Se abrió la puerta y apareció un hombre alto y corpulento, seguido de cerca por el gordo.

Se detuvo frente a Mardi y dijo:

—Lamento lo ocurrido, pero usted se está interponiendo en mi camino.

Me produjo un escalofrío la manera como habló. Su voz era tranquila e indiferente, pero sus palabras encerraban una amenaza bien definida.

Y no cabe duda de que Mardi sintió miedo. Retrocedió un paso.

—Pero, señor Spencer... —dijo.

De modo que éste era Lu Spencer. Le examiné atentamente. No me interesó mucho. Estaba un poco excedido de peso, y no debía de tener mucha cintura. Sus bigotes negros y los cabellos casi blancos constituían un extraño contraste. Parecía como si se hubiera teñido el bigote. Tenía los párpados caídos, como el hombre que se siente muy fatigado; pero la luz que brillaba en sus ojos desmentía todo signo de cansancio.

Eligió un cigarro de una caja de piel de cerdo y se lo puso entre los dientes.

—Ofrezca un asiento a la señorita —ordenó a Gus.

Una vez que Mardi se acomodó, Spencer me clavó los ojos.

—De modo que usted es Mason —dijo, mientras se acercaba un poco para examinarme con atención.

—Sí —confirmé—. Y le advierto que no me gusta su sentido del humor. ¿Qué le parece si acaba este juguecito de película y nos deja libres?

Spencer se apoyó sobre el borde de la mesa.

—Ya era tiempo de que conversáramos un poco —dijo con voz lenta—. Soy un hombre cauteloso, Mason; siempre lo he sido. Cuando creo que me amenazan dificultades, actúo rápidamente. No permito que me sorprendan. Siempre me anticipo a los acontecimientos.

Me encogí de hombros.

—¿Qué tengo que ver con todo eso? —pregunté.

—Ya se le advirtió que se alejara de mis problemas, pero usted no obedeció a la indicación. Creo que es necesario terminar de una vez.

¡Dios mío! ¡Cómo me hubiera gustado tener las manos libres para ajustar cuentas con ese tipo!

—¿No le parece que se está equivocando de puerta? —pregunté.

—Seré franco con usted —continuó Spencer—. No tengo el menor deseo de que se revise la investigación del caso Richmond. Ya tengo suficientes problemas, sin necesidad de agregar uno nuevo. Se le ha ofrecido una buena suma para que meta su nariz en esto, ¿no es así?

Le miré, calculando mis posibilidades.

—Supongo que su amigo Katz le habrá informado de cómo entré en este asunto —dije.

—Sí —asintió Spencer—. Ya sé todo eso.

—Muy bien —continué—. He resuelto abandonar el caso. ¿Qué importancia tiene uno de tantos delincuentes de segundo orden? No tenía una especial simpatía por Vessi. Me ofrecieron diez mil dólares. A fin de cuentas, no es una suma extraordinaria. De modo que decidí olvidar el asunto. Pero cuando usted empezó a molestar a la señorita Jackson decidí intervenir nuevamente.

Spencer miró a Mardi, y luego de nuevo a mí. Frunció ligeramente el ceño.

—De modo que ésa es la causa, ¿eh?

—Si usted se refiere a que no pienso quedarme sentado mientras usted persigue a una buena muchacha, efectivamente, ése es el asunto.

—¿Nada más que eso?

Mi más ardiente deseo era en aquel momento asestarle un puñetazo en la nariz. Me callé.

Spencer masticó nerviosamente el extremo del cigarro.

—Me pone en un aprieto, Mason —dijo finalmente—. Usted y la joven pueden causarme graves dificultades. Si no llegamos a un acuerdo, me temo que se verán en una situación desagradable.

Su voz era casi amable, pero no me gustó el tono. Miré a Mardi, y la muchacha parecía muy deprimida.

—Veamos cuál es su propuesta —invité.

Spencer dirigió la vista a Gus.

—Váyanse —ordenó—. Cuando los necesite, los llamaré.

Cuando quedamos solos, Spencer comenzó a pasear por la habitación. Era evidente que estaba reflexionando intensamente.

—Vea —dijo al cabo de unos minutos—: Necesito saber quién está en el fondo de todo esto. Quiero saber quién está dispuesto a pagarle diez mil dólares para que revuelva el avispero.

No dudé que le hubiera gustado saberlo, pero yo estaba decidido a no ayudarle. También yo deseaba averiguar la identidad de la mujer. Pero sin la colaboración de Spencer.

—Es inútil insistir —dije, encogiéndome de hombros—. Muchas veces me he preguntado lo mismo.

Caminó hacia mí, hasta que estuvo a pocos centímetros de distancia.

—Sospecho —dijo— que usted sabe algo que puede ser una pista. Hable claro.

Me contuvo con un gesto.

—No se apresure —dijo—. Piense primero. Si no puede recordar, estoy dispuesto a ordenar que le refresquen la memoria.

—Ya le dije que recibí una nota escrita a máquina. Fuera de eso, no tengo la menor idea sobre la identidad de la persona que me envió el dinero.

—¿Es un hombre o una mujer? —preguntó.

—Ya le dije que no sé nada más —insistí.

Se quedó mirándome, el rostro ligeramente sonrojado.

—Es una lástima —comentó. Se dirigió a la puerta y la abrió bruscamente—. Gus, ven aquí.

El sujeto delgado se apresuró a acudir y se paró frente a nosotros. Sus ojos inquietos iban del cielo raso a nosotros y viceversa.

—Creo que este tipo sabe algo. No quiere hablar. Es conveniente que te ocupes de la señorita... Quizá de ese modo Mason se inspire.

Mardi se puso en pie. Estaba muy pálida. Gus se acercó a ella, y cuando Mardi se disponía a correr, el tipo la agarró de un brazo y la obligó a volverse.

Conseguí hablar con dificultad.

—Diga a ese cerdo que deje quietas las manos.

—Pierde el tiempo —dijo fríamente Spencer—. Adelante, Gus.

Gus me dirigió una sonrisa de triunfo y se acerco a Mardi. De pronto, la joven reaccionó y le aplicó un puntapié en la espinilla.

—Muy bien. Déjenla —exclamé rápidamente.

—Un momento, Gus —ordenó Spencer. Se volvió hacia mí—. ¿Era un hombre o una mujer?

—Una mujer.

—¿Cómo lo sabe?

—Porque me habló por teléfono —Spencer miró a Gus.

—Espera fuera.

Gus se retiró lentamente.

Mardi se apoyó en la pared. Advertí que le temblaban los labios, pero mantenía alta la frente.

Spencer me miró con atención.

—¿Qué tipo de voz era?

Me encogí de hombros.

—Creo que la disimulaba. Dura y metálica, pero no era una voz natural.

Se paseó durante algunos minutos, y luego se acercó nuevamente.

—De modo que es una mujer, ¿eh? Por tanto, debo investigar por ese lado.

No hice ningún comentario.

Clavó la vista en Mardi, y al cabo de unos instantes en mí.

—En cuanto a ustedes dos... —se pasó la mano sobre el cabello—. Creo que no saben dónde se han metido. Sigan mi consejo y manténganse apartados. Si esa mujer le llama nuevamente, avíseme. Le daré mucho más de diez mil si consigo ponerle las manos encima.

—De todos modos, para mí este caso ha concluido —dije, y lo decía en serio.

—Los dejaré en libertad, pero no lo olviden... Salgan de la ciudad cuanto antes —se acercó a Mardi—. Lamento que usted se haya pasado de la raya, nena. En otros tiempos usted trabajó bien.

Mardi volvió el rostro y Spencer se encogió de hombros. Luego se dirigió a la puerta y salió.

Mardi se acercó a mí con pasos inseguros.

—Desátame, Mardi —dije con voz premiosa—. Desconfío de las promesas de Spencer.

Consiguió deshacer el nudo de la cuerda, y me puse en pie, al mismo tiempo que me frotaba las muñecas.

En ese momento apareció el gordo con una pistola en la mano.

—Pueden irse —anunció secamente—. Vamos, salgan de aquí.

Bajamos la escalera en penumbra, y el pistolero nos siguió de cerca. En la planta baja se hallaba Gus, al lado de la puerta abierta. Yo estaba con los músculos tensos, listo para entrar en acción; pero los dos pistoleros se limitaron a vigilar nuestra partida.

Nos sumergimos en la calle fría y oscura, y la puerta se cerró detrás de nosotros.

Me volví y miré a Mardi.

—Bueno —dije—. ¿Qué te parece?

Mardi se cubrió el rostro con las manos, y la oí emitir un sollozo corto y ahogado. La rodeé con mis brazos y la atraje hacia mi cuerpo. Apoyó la cabeza sobre mi pecho.

—Vamos, Mardi —dije—. Ya hemos salido de esto. No te preocupes... Ya no hay nada que temer.

Se oyó una sirena distante, y el ruido de una embarcación que pasaba frente al muelle.

—Salgamos de aquí —dije—. Necesitamos descansar un poco.

Poco después abandonábamos la callejuela y la oscuridad, y entrábamos en las luces de una avenida que se abría a poca distancia del muelle.

15

Me desperté a mediodía. Durante varios minutos no me daba cuenta de dónde estaba; luego recordé y me senté en mi sofá.

Era un día de sol brillante, y Mardi se hallaba acostada en la cama de mi dormitorio. Me puse en pie y me encaminé hacia el cuarto de baño. Una ducha fría me hizo reaccionar, y después de secarme me sentí mucho mejor.

Me puse una bata de seda y me peiné cuidadosamente; luego asomé la cabeza al interior del dormitorio, pero sólo alcancé a ver un bulto bajo las sábanas. Me provocó una extraña impresión el pensar que ella estaba allí durmiendo, precisamente en mi lecho.

Llamé por teléfono al bar vecino para pedir un desayuno doble, y mientras esperaba encendí un cigarrillo.

El empleado del bar me examinó con curiosidad, mientras colocaba la bandeja sobre una mesita de la sala. Le di un dólar de propina, y me sonrió agradecido.

Llamé a la puerta del dormitorio. Después de la segunda tentativa, oí la respuesta de Mardi. Asomé la cabeza.

—Hola, compañera —dije—. ¿Te sientes dispuesta a comer algo?

Me miró, pestañeando ligeramente. Al despertar, algunas mujeres parecen la cólera de Dios; pero Mardi estaba tan hermosa como siempre. Su cabello era un montón de rizos, y sus ojos se abrían, muy grandes y perezosos. Las largas mangas de mi pijama le cubrían las manos.

—Dame un par de minutos —dijo— y estaré contigo.

Saltó de la cama y se puso una de mis batas de lana. Luego desapareció en el interior del cuarto de baño. Traje la bandeja con el desayuno y la deposité sobre la mesita de noche. Finalmente, abrí uno de los postigos y dejé el otro. La luz del mediodía no es agradable después de trasnochar.

Volvió al cabo de cinco minutos, y me dirigió una sonrisa.

—¿Dormiste bien? —preguntó, mientras se introducía de nuevo en la cama.

—Muy bien —repliqué, sintiendo que algo se derretía en mi interior. Nadie me había formulado esa pregunta desde hacía muchos años—. Y tú, ¿cómo te sientes?

Acomodó las almohadas y se recostó sobre ellas. La bata se desplegó sobre las sábanas.

—¡Oh, ahora estoy muy bien! —dijo—. Anoche creí que me moría de cansancio.

Acerqué la bandeja a la cama.

—Me alegro de que estuviéramos juntos en el incidente —dije—. No sé qué hubiera pasado si hubieses debido afrontarlo sola.

Bebió un sorbo de café, sin apartar sus ojos de los míos.

—Yo también me alegro —dijo.

Al cabo de unos minutos preguntó:

—¿Deseas que conversemos sobre lo ocurrido anoche?

Me encogí de hombros.

—¿Para qué?

—¿Crees que todo marchará bien? —insistió.

—No lo sé —contesté—. He estado pensando en ello. No veo manera de amenazar la posición de Spencer. En definitiva, no tenemos ninguna prueba ni posibilidades de conseguirla. Por eso creo que lo mejor será dejar el asunto como está. ¿Qué piensas tú?

Frunció ligeramente el ceño.

—Me temo que no es tan fácil como crees. Mira: todavía no conoces un montón de detalles, y para decir verdad, presiento que no podrás desligarte del caso.

Encendí un cigarrillo.

—Explícate —dije, mientras me incorporaba para retirar la bandeja.

Mardi se echó hacia atrás, sobre las almohadas.

—Todo empezó hace cierto tiempo —dijo—. Creo que sé quién es tu misteriosa voz.

—¿Hablas en serio? —pregunté, sobresaltado.

—Sí —confirmó—. Creo que es Sara Spencer, la esposa de Lu.

—¡Demonios!

—Y coincide con el resto, cuando se conocen los detalles. Como sabes, fui la secretaria privada de Spencer, y a menudo debía trabajar en su domicilio particular. Spencer solía trabajar hasta tarde, y le gustaba que yo me ocupara de poner orden en sus papeles. Sara Spencer acostumbraba a reunirse con nosotros, de modo que tuve ocasión de encontrarla frecuentemente. Spencer está loco por ella, pero Sara le traiciona de la mañana a la noche. Todavía no comprendo cómo Spencer no la descubrió antes. A decir verdad, yo sabía que Vessi era uno de sus amantes.

Me puse en pie y caminé por el dormitorio.

—Me gustaría que me dieras más detalles —dije.

—Ella se sentía muy atraída por Vessi —explicó Mardi—. En realidad, creo que estaba enamorada. Sara es de ese tipo de mujeres aficionadas a los hombres rudos, y Vessi correspondía exactamente a su ideal. Cuando le ejecutaron estuvo próxima a enloquecer. Casualmente, en esa época trabajé dos días seguidos en su casa, de modo que estoy bien enterada. No tienes idea del estado en que se hallaba. Creo que ahora odia a Lu.

Me senté en la cama.

—Creo que eso aclara muchas cosas —dije—. Como tú dices, coincide con el resto. Esa mujer desea que procesen a Lu Spencer. Se cobraría la cuenta de Vessi y se desembarazaría del marido. Por otra parte, no puede acusar abiertamente a Spencer. Se descubrirían sus relaciones con Vessi, y eso arruinaría su reputación. Así que se esconde en el anonimato de la llamada telefónica y me convierte en su representante a distancia.

—Sí —convino Mardi—, creo que ése es el plan de Sara.

—No debe de serle muy difícil obtener la información que me transmite —comenté, después de reflexionar unos instantes—. Le basta con prestar atención cuando Spencer habla con sus pistoleros. Sin duda no le faltan oportunidades de escuchar. Además, es rica, y diez mil dólares es poca cosa si consigue liquidar a Spencer.

Mardi aplastó el cigarrillo sobre el cenicero de la mesita.

—Esa mujer vive pendiente de los hombres. Ahora se ha relacionado con Curtis. Como sabes, Curtis trabaja para Lu, y supongo que transmitirá a Sara toda la información que ella necesita.

De pronto recordé el incidente en la casa de Kennedy. ¿Un viejo amor de Sara Spencer? Tuve la impresión de que me estaba acercando a la verdad.

—Bueno —dije a modo de conclusión—, no creo que Sara Spencer consiga nada. Me lavo las manos; de modo que ya puede ir buscando otro representante.

Mardi me miró con preocupación.

—No conoces a Sara —dijo—. Tengo miedo. No es mujer que deja escapar fácilmente la presa.

—No te preocupes por eso —dije con una sonrisa—. No ha nacido la mujer capaz de obligarme a hacer lo que no quiero.

—Por favor, no creas que...

Parecía tan atemorizada, que me acerqué a ella para calmarla.

—Tranquilízate —dije, dejando descansar mi mano sobre la de Mardi—. No lo tomes por lo trágico.

—Pero... es que no la conoces —insistió Mardi—. Es una mujer peligrosa, que no se detendrá ante nada.

Me complacía extraordinariamente sentir el contacto de su mano. Enlacé mis dedos con los de Mardi.

—Esperemos un poco —propuse—. No tiene sentido excitarse antes de que ocurra algo. Olvídate de eso. Tenemos otras preocupaciones. Sobre todo, necesitamos resolver qué harás y adónde irás.

También a Mardi le agradaba enlazar su mano con la mía. Cuando comprendió que yo no me sentía preocupado, desapareció su propia tensión y me sonrió.

—Me alegro de tenerte a mi lado, Nick —dijo—. No sé qué haría sin ti.

—También yo me alegro de estar contigo.

—No digas eso —exclamó Mardi, moviendo la cabeza—. No necesitas decir eso.

—No lo diría si no lo sintiera. He tratado de no pensar en ti, pero es imposible. Lo creas o no, quiero unirme a ti.

Me interrumpí, porque no se me ocurría nada más que decir.

—Pero —dijo Mardi— ¿has pensado en mi situación?

—Precisamente por eso. No habría comenzado esto si no hubiese pensado en ti. Considerando tu situación, creo que tú y yo podríamos...

Me incorporé. Era inútil. No podía expresarlo como deseaba. Creo que por primera vez en mi vida lamenté ser lo que era. Lamenté las otras mujeres que habían pasado por mi existencia.

Me acerqué a la ventana y miré hacia la calle. El silencio reinante en el cuarto me hizo pensar en una iglesia. Entonces oí su voz.

—Nick...

Mardi estaba llorando.

Me acerqué a ella y la rodeé con los brazos. No dije nada. Simplemente, la apreté con fuerza. Lloró con la cabeza apoyada contra mi pecho. Sentía temblar su cuerpo.

—Sé bueno conmigo —dijo—. Nuestra vida en común no será fácil.

Me gustó oírle decir eso. Era como haber pasado por la tormenta, para finalmente entrar a un refugio, cerrar la puerta y sentir que dentro todo estaba cálido y protegido.

Cuando dejó de llorar y recuperó el dominio de sus nervios, le dije:

—¿Te parece bien que nos casemos inmediatamente? ¿Te gustaría?

Permaneció inmóvil durante varios minutos, hasta que empecé a temer que no me hubiera oído. Pero entonces suspiró, y sus músculos se aflojaron.

—¿Me lo dirías si no hablaras realmente en serio? —dijo finalmente, mirándome a los ojos.

Sus ojos brillaban; pero comprendí que, a pesar de todo, tenía miedo.

—No, en ese caso no lo diría. Si te lo propongo, es porque quiero que así sea.

—Estás loco, Nick. En el fondo, no deseas casarte conmigo.

—Sé por qué dices eso. Crees que soy como todos los hombres. Todavía no me conoces.

—No..., te conozco bien. No se trata de ti, sino de mí. ¿Qué sabes de mí? ¿Cómo puedes...?

Le sonreí.

—Sé que te quiero y que te necesito. No nos creemos conflictos. Estoy seguro de que nos llevaremos bien.

Me apretó con fuerza la mano.

—¿Quieres decir que piensas casarte conmigo?

—¿Qué pasa, nena? —pregunté.

No alcanzaba a comprenderla. Parecía temer que yo cambiara de opinión. Y eso era una locura, porque quien más debía temer era yo.

De pronto, una sonrisa se dibujó en su rostro.

—Todavía no me has besado —dijo.

—Lo haré si aceptas casarte conmigo.

—Bésame, entonces.

Y eso fue lo que hice.

Una hora después, cuando estábamos discutiendo nuestros planes, recordé al coronel Kennedy. Francamente, no podía explicarme cómo no se me había ocurrido antes. Allí estaba la solución de todos nuestros problemas.

—Ya tengo el lugar —dije—. Y ya verás qué maravilla...

Le expliqué de qué se trataba. Permaneció inmóvil mientras yo hablaba. Cuando concluí, movió la cabeza.

—No, Nick —dijo—. No podemos ir allá.

Me puse en pie.

—No conoces la propiedad —dije—. Espera y verás.

Hizo un gesto con la mano.

—No, no se trata de eso. Sencillamente, ocurre que ahora no podía encontrarme con nadie. Sólo quiero estar contigo.

—Pero ¡si no necesitas ver a nadie! —repliqué—. La casa está desierta. Kennedy se ha marchado. Estaremos completamente solos.

Cuando comprendió la situación, pareció sentirse aliviada.

—Prefiero que te asegures de que es así —insistió.

Después de cuatro llamadas telefónicas a diferentes lugares, conseguí encontrar al coronel Kennedy, y le informé de las novedades. Kennedy era un hombre recto. Pareció sentirse muy complacido.

—Por supuesto, vayan —dijo—. Hace unos días que he regresado a la ciudad, de modo que estarán solos. Daré las órdenes a la servidumbre para que les dejen todo preparado. Quédense todo el tiempo que quieran.

Se lo agradecí calurosamente, pero no quiso escucharme.

—Olvídese de eso —dijo—. Les deseo una feliz luna de miel. Me alegro de que haya encontrado a la muchacha de sus sueños. Era lo que usted estaba necesitando.

Conversamos unas pocas palabras más, y nos despedimos. Miré a Mardi. No necesité explicarle nada. Comprendió inmediatamente que todo estaba arreglado.

—¿Qué te parece? —pregunté.

—¡Oh, ojalá sea cierto —exclamó, extendiendo los brazos—. ¡Ojalá que todo sea cierto!

—Quédate aquí hasta que termine de vestirme.

Luego saldré a realizar algunos trámites..., y todo se hará realidad. Nos casamos y vamos a la residencia de Kennedy.

Se incorporó rápidamente.

—No quiero que me dejes —dijo con voz tensa—. Por lo menos, no ahora. No me dejes, Nick.

—Mira —dije—: Llamaré a Ackie. Nos quedaremos aquí mientras él realiza las gestiones.

—Sí —dijo—. Hazlo así.

Y de sus ojos desapareció la expresión de temor.

Descolgué el receptor del teléfono y marqué el número de Ackie. Me imaginé que mi amigo recibiría una fuerte impresión. Y así fue.

—No hagas nada —dijo—. Primero debo verla. Por lo que más quieras, no hagas nada hasta que yo llegue.

Corté la comunicación y sonreí a Mardi.

—Parece realmente excitado —comenté—. Bueno, ahora me vestiré.

Antes de retirarme del dormitorio la besé. Me vestí rápidamente. Me sentía con fuerzas y ánimo suficiente como para saltar el Empire State.

Acababa de ajustarme la corbata cuando apareció Ackie. Permaneció en la puerta con expresión preocupada.

—¿Dónde está? —preguntó.

Hice un gesto con la cabeza en dirección a la puerta del dormitorio.

—Enseguida la verás —repliqué—. Está preparándose.

—Escucha, Nick —dijo Ackie—. ¿Qué significa todo esto? ¿Piensas casarte? ¿Hablas en serio?

Le di unos golpecitos en el pecho.

—Ten la seguridad de que quiero hacerlo..., y tú correrás con todos los trámites.

Bajó la voz.

—¿Te tiene atrapado?

—¿Qué quieres decir?

Ackie adoptó una actitud furtiva.

—Ya sabes... ¿No está en apuros?

—Escucha, mono sin cerebro: Mardi y yo no hemos tenido nada. Me casaré con ella porque es mi voluntad. ¿Entendido?

Se separó lentamente.

—Es decir, ¿que estás enamorado? —preguntó, incrédulo.

—Sí.

—¿Y quieres que te ayude?

—Exactamente.

—¡Dios mío! ¡Estás loco!

En ese momento apareció Mardi. Se detuvo en el umbral de la puerta, y Ackie la miró con atención. En realidad, estaba impresionante, con sus grandes ojos y su maravillosa sonrisa.

Ackie abrió la boca. Luego me miró.

—Bien —dijo.

—¿Comprendes ahora? —pregunté.

Movió la cabeza con desaliento. Se acercó a Mardi.

—Pobrecita —dijo, estrechándole la mano—. ¡Qué desastre! Usted no sabe lo que hace. No puede casarse con este tipo... Nick no está en condiciones de casarse con nadie.

Mardi se echó a reír.

—¿Está dispuesto a ayudarnos? —preguntó.

—¿Realmente quiere atarse a este retardado?

—Me resulta simpático. En realidad, usted no le conoce tan bien como yo.

Ackie me miró por encima del hombro.

—Hermoso trabajo hiciste para engañarla —comentó—. Bueno, si en algo puedo ayudarles, cuenten conmigo.

Descorché una botella de whisky y bebimos un par de copas.

—Querida —dije a Mardi—, mientras hablo con Ackie, ¿harías el favor de poner mis cosas en la maleta?

Le hice algunas indicaciones y la dejé preparando la maleta.

Ackie ardía de impaciencia por conocer los detalles. Le relaté todo, mientras Ackie sorbía mi buen whisky. Cuando concluí, lanzó un hondo suspiro.

—Hermosa historia para una crónica —dijo—. Quizá cuando te liquiden pueda aprovecharla.

Muy alentador.

—No habrá nada de lo que te imaginas —observé secamente—. Me retiro de toda actividad por algún tiempo. Kennedy me presta su residencia. Nos casaremos inmediatamente, y nos vamos a vivir allí algunas semanas.

Ackie se rascó la cabeza.

—Todavía no me explico cómo conseguiste convencerla. No cabe duda de que sabes vender tu mercancía. Es una muchacha maravillosa.

Le entregué dinero.

—Ve y trata de arreglar todo inmediatamente. Iremos al hotel Belmont hasta que concluyas los trámites. No quiero quedarme en este apartamento. Avísanos al hotel si se produce alguna novedad.

Le serví otra copa, y Ackie se despidió de Mardi. Ackie era un gran hombre, y era evidente que estaba complacido de verme unido a Mardi. Sólo que lo expresaba a su manera.

Mardi se mostró muy amable con él, y Ackie se marchó con una expresión de arrobamiento en el rostro.

Observé a Mardi mientras preparaba las maletas. Lo hacía bien, con rapidez y destreza.

—¿Te gusta pasar a la categoría de mujer casada? —pregunté de pronto.

—¿Quieres saber si me gusta realizar estas pequeñas tareas? —preguntó, deteniendo un momento el movimiento de sus manos.

—Eso mismo.

Cerró la maleta y aseguró los cierres.

—Quiero ser buena —dijo con expresión seria—. Quiero serlo todo para ti.

—Ten cuidado —dije, echándome a reír—. Puedes arrepentirte.

Finalmente, todo quedó preparado, y ordené que bajaran las maletas. Pagué lo que debía de alquiler y me despedí para siempre de mi apartamento.

—Creo que ya podemos salir —dije—. Ponte el abrigo, e iremos a la estación a recoger tu equipaje.

—En un minuto estoy lista —dijo Mardi. Mardi ya estaba en el dormitorio, cuando alguien golpeó a la puerta. Supuse que era el encargado de la casa y grité que entrara. Se abrió la puerta y apareció Blondie.

De cuando en cuando he sufrido impresiones, pero ésta superó todas las anteriores. No atiné a decir palabra.

Se paró frente a mí y me miró con ojos fríos y suspicaces.

—Mudándose, ¿eh? —dijo.

—¿Qué demonios quieres? —pregunté.

Avanzó hacia el centro del cuarto.

—No pareces muy complacido de verme, querido —dijo Blondie—. ¿No me rogaste que viniera cuando tuviese algo que decirte?

Hablé en voz baja, con la esperanza de que Mardi no me oyera.

—Pues ahora no tengo interés. Vete inmediatamente. Tengo bastante de ti para el resto de mis días.

En ese momento apareció Mardi. Blondie la miró exactamente como una serpiente a su bocado favorito.

—¡Vaya! —dijo.

Me gustan las muchachas que hablan así.

Mardi palideció. No con la blancura del papel, sino con el matiz azulino de la porcelana. Se llevó una mano a la boca y retrocedió.

—Vete, Mardi —dije—. No es necesario que os conozcáis.

Mardi se volvió y entró al dormitorio.

—Un momento... —exclamó Blondie.

Pero Mardi no hizo caso y cerró la puerta.

—De modo que así están las cosas, ¿eh? —comentó Blondie, y sus ojos despedían chispas.

—Ahórrate palabras —dije secamente—. Vete, Blondie. No pierdas el tiempo.

Movió la cabeza.

—No conseguirás nada con esos modales —observó—. He venido a hablar, y hablaremos.

Me dirigí a la puerta y la abrí de un golpe.

—Si dentro de diez segundos no has salido, te echo.

En ese preciso momento se le ocurrió asomar la cabeza al tipo de enfrente. Permaneció inmóvil, con ojos desmesuradamente abiertos. No le presté atención. Mantuve la vista fija sobre Blondie, esperando que se marchara.

Vaciló, pero sabía que no era el lugar adecuado para provocar un escándalo. Con paso lento salió al corredor.

—Muy bien, amigo —dijo al pasar—. Recuérdalo bien: te las haré ver negras.

—Ahorra tu saliva —le contesté—. No me gustas, y nunca me gustaste. Mantente a distancia de mí si no quieres que te meta en un buen lío.

Entré al apartamento y cerré la puerta.

Mardi estaba mirando por la ventana. Me pregunté si el incidente tendría alguna consecuencia. Al oírme, se volvió y corrió hacia mis brazos.

—¿Ocurre algo? —inquirió.

—Esa mujer es Blondie —repliqué, estrechando a Mardi contra mi cuerpo—. Ya se fue. Ya ves: no podremos apartarnos de este maldito embrollo si no abandonamos el apartamento. Lo siento, querida. De cualquier modo, creo que no la veremos más.

Mardi me acarició el rostro con su mano.

—Quisiera que jamás te hubieses complicado en esto —dijo—. Quisiera...

—Vamos, querida —dije, tomándola del brazo—; si me hubiera mantenido al margen del caso, jamás te habría conocido. Iremos a un lugar tranquilo, donde seremos felices y nos olvidaremos de los malos ratos que hemos pasado..., ya verás.

A decir verdad, fue la observación más estúpida que pudo habérseme ocurrido.

16

Los problemas comenzaron cuatro días después de habernos instalado en la residencia del coronel Kennedy. Fueron días felices, quizá los mejores de mi vida. Estábamos solos, y hacíamos lo que queríamos. Nos vestíamos como se nos ocurría, y comíamos a cualquier hora. Nos levantábamos cuando estábamos cansados de dormir, y nos íbamos a pescar. Era demasiado bueno para durar.

El primer indicio llegó con el cartero. Me devolvían tres artículos. No podía creer lo que veía. Contemplé atónito los formularios de rechazo. Muchos años antes los había recibido con harta frecuencia, y sabía muy bien el significado de los mismos.

Mardi salía de la cocina con una bandeja entre las manos. Miró asombrada la expresión de mi rostro, dejó la bandeja y se acercó rápidamente.

—¿Qué pasa? —preguntó.

Le repliqué que no lo sabía. Quizá se trataba de un error o de algo por el estilo.

Le mostré los formularios, y se puso a leerlos. Frunció el ceño.

—Tal vez los artículos no estaban bien preparados —sugirió.

Era posible. Pero yo no lo creía. Algo andaba mal, y no me gustaba el aspecto de la cosa. Hacía años que trabajaba para esos periódicos, y siempre habían aceptado mi material. Y ahora, sin una palabra de explicación, me despedían.

—Escucha, querida —dije—: Tendremos que gastar menos durante cierto tiempo. Contaba con el pago de este material para mantenernos durante un par de semanas.

Me contempló con una expresión de seriedad en su rostro.

—¿Quieres decir que estás escaso de dinero? —preguntó.

—Bueno, sí...; creo que ésa es la situación.

—¿Eso es todo? ¿Estás seguro de que eso es todo?

La situación parecía grave, pero no deseaba inquietarla.

—Sí, eso es todo. Andaré escaso de dinero por un tiempo.

Me pasó el brazo sobre los hombros.

—Nos arreglaremos —dijo—. No te preocupes. No necesitamos mucho para vivir.

Cuando concluimos el desayuno me dirigí al estudio y examiné nuestra situación. Verifiqué el saldo de mi libreta de cheques, y comprobé que nos quedaba menos dinero del que suponía. Empecé a inquietarme de veras. Pedí conferencia con uno de los editores.

Apenas se estableció la comunicación, pregunté secamente:

—¿Por qué me devolvieron los artículos?

—¿Qué quiere decir?

Su voz sonaba fría y hostil.

—Vea, Johnson, ésa no es manera de tratarme —dije—. He trabajado mucho para ustedes. Si no les gustó el artículo, ¿por qué no me escribieron explicándome de qué se trataba?

—Lo siento, Mason; pero en adelante no aceptaremos sus colaboraciones. Estamos buscando talentos jóvenes.

—Vamos, no me venga con ese cuento —repliqué—. Hemos sido buenos amigos, Johnson. ¿Por qué no me dice la verdad? Le aseguro que no me asustaré.

Su voz se tornó cautelosa.

—¿Por qué no viene a la ciudad para almorzar conmigo?

—Muy bien —repliqué, y corté la comunicación. Fui al encuentro de Mardi, y la hallé en la terraza arreglando algunas flores.

—Debo ir a la ciudad —dije—. Se trata de esos artículos. Voy a conversar con el editor.

—¿Puedo ir contigo? —preguntó Mardi—. Es decir, ¿puedo acompañarte y mirar tiendas mientras tú hablas con ese hombre?

—Todavía no, querida —repliqué—. Quiero que te mantengas fuera de circulación algún tiempo. Volveré enseguida.

—Te prepararé una buena cena —dijo Mardi. Comprendí que no deseaba quedarse sola, pero no insistió. Pasé mi brazo sobre su hombro.

—¿Puedo traerte algo de la ciudad?

—Debemos ahorrar —dijo, moviendo la cabeza.

Me eché a reír.

—Bueno, no es para tanto...

Me miró con expresión ansiosa.

—No te molesto con mis tonterías, ¿verdad?

—Claro que sí..., todo el día y la mayor parte de la noche.

Llegué a la ciudad alrededor de mediodía. Me impresionó desagradablemente, después de la paz y del silencio de la propiedad de Kennedy. Entré en un bar y pedí una copa. Al rato me dirigí hacia el *Globe*.

Johnson me estaba esperando en la puerta del edificio. El detalle me llamó la atención, pero no hice ningún comentario. Por el modo como se apresuró a meterme en un taxi, comprendí que no deseaba ser visto en mi compañía.

—Me dio usted una verdadera sorpresa —comenté.

Johnson se arregló nerviosamente la corbata.

—Créame que lo siento mucho —dijo.

—Muy bien. Bebamos primero una copa, y luego podremos hablar del asunto. Dígame: ¿cómo anda usted?

Se encogió de hombros.

—Perfectamente —replicó.

—¿Y su esposa?

—Muy bien.

Después de esto, guardamos silencio. Empezaba a ponerme nervioso. Bajamos frente a un pequeño restaurante, sobre una calle lateral, y nos acomodamos en un saloncito reservado. Sin duda, pensé, para disminuir las probabilidades de que nos vieran juntos.

Después de beber unas copas, consideré que había llegado el momento de aclarar la situación.

—Bueno, ¿de qué se trata? —pregunté.

—Lamento mucho lo ocurrido, Mason; pero no podemos aceptarle más artículos.

—No pueden... ¿o no quieren?

Hizo girar su vaso, incapaz de enfrentarse con mi mirada.

—Nada tengo que ver en el asunto —se apresuró a explicar— El viejo me mandó instrucciones.

Me recosté sobre el asiento y asimilé la noticia. Como yo no hiciera ningún comentario, continuó:

—Creo que usted mismo se ha colocado en mala situación. El viejo le puso en la lista negra.

—¿Dijo por qué lo hacía?

Johnson movió la cabeza.

—Se limitó a enviarme una nota. Usted conoce el tipo de misivas que él manda: «Con los mejores saludos del señor Hawkins, y no acepte más trabajos del señor Mason».

—Debe de haber enloquecido —comenté—. Vamos, tomemos otra copa.

De algún modo conseguimos acabar con el almuerzo, y Johnson se apresuró a despedirse. Comprendí que se sentía muy contento al separarse de mí. Después de su partida, permanecí un rato en el restaurante y reflexioné sobre mi situación. Luego pagué la cuenta y me dirigí a la cabina del teléfono. Después de varias tentativas conseguí comunicarme con Ackie.

—Oye, Ackie: ¿estoy en la lista negra?

—Sí —dijo—. Te han eliminado. ¿Qué puedo hacer por ti?

Reflexioné un instante.

—Supongo que es así como Spencer piensa hacerme salir de la ciudad.

—Eso parece.

—Estoy en situación apurada, Ackie —dije—. Necesito algún dinero.

Ackie lanzó un gemido.

—¡Demonios! ¿Es tan grave la cosa?

—Bueno, quizá no. Puedo aguantar un par de semanas, pero debo encontrar el modo de ganar unos dólares.

—Puedes contar conmigo. Te haré llegar algo.

Sonreí de mala gana.

—Eres un gran muchacho, Ackie. Pero debo ganarme la vida. No puedes mantenernos siempre.

—Quizá para entonces se haya resuelto el problema, o vosotros hayáis decidido iros.

—Te informaré de cualquier novedad —dije, y colgué.

De modo que estaba en la lista negra. Eso era grave. Comencé a caminar por la calle, reflexionando sobre el problema. Al parecer, Spencer se saldría con la suya. Yo sabía que me enfrentaba con un grupo poderoso y también cuándo me convenía abandonar. Todo indicaba que había llegado el momento de trasladarme a otro Estado.

Cuando llegué a la vista de la casa de Kennedy me sentía bastante deprimido. No deseaba preocupar a Mardi, pero al mismo tiempo era necesario que comprendiera la situación. Por mi parte, ignoraba hasta dónde llegaba la influencia de Spencer. Era lo bastante rico como para que su palabra tuviera peso en todo el ámbito estatal. Si los jefes políticos habían invertido dinero en ese sucio negocio, no desearían otra cosa que ofrecerle mi cabeza en bandeja de plata.

Después de guardar el coche en el garaje, caminé por el sendero hacia la casa. Mardi no daba señales de vida. Me acerqué en silencio, con el propósito de sorprenderla.

Durante mi permanencia en la ciudad le había comprado dos pares de medias. Me había sentido un poco avergonzado cuando entré en la tienda, pero ahora estaba contento. Supuse que mi obsequio le alegraría, porque hasta ahora jamás le había regalado nada.

Entré en el vestíbulo y pasé a la cocina. No estaba allí. Tampoco en el comedor. La luz se hallaba encendida, pero no había nadie. Me disponía a subir al primer piso cuando algo me clavó en el sitio.

Sentí que un escalofrío me recorría la columna vertebral y que la cabeza empezaba a darme vueltas. Traté de engañarme diciéndome que las dos manchas que veía sobre el piso eran de pintura, pero sabía que no era cierto. Lentamente me agaché y pasé la mano sobre una de ellas. Estaba húmeda y pegajosa.

Me incorporé y examiné mis dedos a la luz de la bombilla. Las manchas eran de un color rojo brillante. Sin saber yo mismo lo que hacía, fui a la cocina y me lavé con agua fría. Lentamente, me sequé los dedos con un paño.

Tenía tanto miedo, que no me atrevía a dar un paso. Estaba parado en medio de la cocina, y por la cara me corría un sudor helado. Oí mis propias palabras, pronunciadas en voz alta:

—No permitas que la hayan asesinado... No permitas que la hayan asesinado... Por favor, Dios mío..., no lo permitas.

Me dije que debía registrar la casa. Debía subir al primer piso y encontrarla. Sí, podía pensarlo. Pero no atinaba a dar un paso fuera de la cocina.

Plegué cuidadosamente el paño y lo dejé sobre la mesa. Era necesario hacer algo. Permanecí inmóvil, esperando. Me dije que en cualquier momento aparecería Mardi, de regreso del jardín. Pero sabía muy bien que ello no ocurriría. Katz la había encontrado y la había asesinado; sabía que eso era lo que había ocurrido, pero no quería creerlo. Me decía que pronto regresaría, y que se demostraría que las manchas del piso eran de pintura, y al mismo tiempo sabía que no era ése el caso.

Me imaginé la escena de la llegada de Katz, y ella sola. La veía contra la pared, los hermosos ojos muy abiertos, pero la frente alta. Era su modo de enfrentarse al peligro. Pensaría en mí, y en ese momento yo estaba comiendo con el bastardo de Johnson. Estaba buscando dinero en el mismo instante en que mataban a Mardi.

La sensación de aturdimiento se atenuó un poco. y en su lugar comencé a sentir un dolor sordo en la nuca. Salí de la cocina y contemplé las manchas rojas sobre el suelo del vestíbulo. Estaban cerca de la pared. Cuando las examiné más atentamente, descubrí dos raspaduras sobre el zócalo. Parecían las marcas de dos tacones femeninos. Sin duda, Mardi había retrocedido ante la figura amenazante de Katz, y aquí se había apoyado contra la pared. Me sentí tan mal, que me vi obligado a tomar asiento.

Entonces hice algo que no había hecho desde niño. No lo advertí hasta que sentí en la boca el sabor de las gotas saladas. Esa actitud no me llevaba a ninguna parte, y para reaccionar me apoderé de una botella de whisky. Bebí directamente de la botella, y el licor me pareció agua. Pero me fue útil, porque conseguí recuperar el control de mis nervios y mi cerebro comenzó a funcionar nuevamente.

Fui al teléfono. Sabía que no podría manejar solo la situación. Necesitaba ayuda.

Me puse en comunicación con Ackie.

—Ven inmediatamente —le dije.

La razón de que Ackie fuera un gran amigo era que siempre sabía cuando uno le necesitaba realmente. No me preguntó nada ni se excusó. Yo sabía que faltaban pocos minutos para que entrara en máquina una edición del periódico. Sin embargo, se limitó a decir:

—Quédate tranquilo; voy enseguida.

Si se apresuraba, podía llegar en una hora. Sabía que me era imposible esperar una hora sin subir al primer piso. Trasegué otra porción de alcohol y resolví subir.

Pasé al vestíbulo y contemplé la escalera. La casa estaba silenciosa. Allí, frente a la escalera, comprendí cuánto quería a Mardi. Comencé a ascender los escalones. No tenía fuerzas para apresurarme, pero conseguí llegar al final. Cuando terminé mi ascensión, sentía las piernas muy pesadas, como si hubiera caminado varias manzanas en medio del barro.

Sobre el corredor del primer piso se abrían dos cuartos de baño, dos dormitorios y un cuarto de vestir. Las cinco puertas estaban cerradas. Mardi podía hallarse detrás de cualquiera de ellas. Sabía que el lugar más probable era nuestro dormitorio, pero no me dirigí allí en primer término. Me asomé a uno de los cuartos de baño. No estaba allí. Dejé la puerta abierta y la luz encendida. Pasé al cuarto de vestir. Estaba desierto.

Nuevamente salí al corredor, y contemplé las tres puertas restantes. Sentí que me descomponía. Necesité unos minutos para dominarme. Finalmente, me acerqué a la puerta de nuestro dormitorio. Lentamente hice girar el picaporte y empujé la puerta. Luego introduje una mano y encendí la luz. No entré inmediatamente. Simplemente, recorrí la habitación con la vista.

Miré por todas partes, menos en la cama. Porque sabía que estaría allí. Al fin, me obligué a fijar los ojos en la cama. Sentí el sudor helado que me corría por la espalda.

La sábana blanca ostentaba una gran mancha roja. La habían cubierto hasta la frente con esa sábana. Desde donde estaba podía ver las pequeñas salientes de los pies, las manos, los senos y la nariz. La sábana estaba tensa, y las distintas partes del cuerpo se dibujaban claramente.

Me apoyé sobre el marco de la puerta y volví a mirar. Luego comencé a odiar a Spencer, a su mujer, a Katz, al pistolero gordo, a Gus y a todo el maldito asunto, como nunca en mi vida había odiado nada. Deseaba torturarlos y matarlos para hacerlos pagar el mal que me habían hecho. Ya no me importaba lo que pudiera ocurrirme. Sólo quería pagarles con la misma moneda, y sabía que todos mis proyectos de venganza eran pura ilusión, porque nada de lo que hiciera me devolvería a Mardi, ni borraría la imagen de mi mujer afrontando sola el peligro.

Si hubiéramos estado juntos, juntos habríamos muerto. Y sabía que en ese caso a ella poco le hubiera importado.

No entré al dormitorio. Apagué la luz y bajé al vestíbulo. Me senté en uno de los sillones y encendí un cigarrillo. Me sorprendió la profunda calma que me había invadido. Estaba allí, fumando, el cerebro totalmente en blanco, cuando llegó Ackie.

Oí el ruido del motor cuando el coche tomaba la curva de acceso, y salí a recibirle. Antes de que yo llegara a la puerta ya había bajado del automóvil. Apenas me vio me empujó hacia el interior de la casa y cerró la puerta.

—¿Qué pasa, Nick?

Abrí y cerré la boca, pero no pude pronunciar palabra. Me quedé mirándole estúpidamente.

Me puso la mano sobre el brazo. Su rostro adquirió una expresión sombría.

—¿Mardi? ¿Le ha ocurrido algo?

Respiré hondo. Era peor de lo que había creído. Se tornaba mucho más real cuando se lo expresaba en palabras. Hice un gran esfuerzo para controlarme. Sentí que me temblaba el cuerpo.

—La mataron, Ackie —dije al fin.

Ackie no me creyó.

—No harían semejante cosa —dijo—. Domínate. Nick. Ven, bebamos algo. No se atreverían a matar a una muchacha como Mardi.

Le cogí del brazo y le atraje hacia mí.

—Te digo que esos cerdos la mataron. Está allí arriba, en la cama...; sube a verla...; aquí tienes las manchas de sangre..., ¿comprendes? Esta sangre es de ella, de su cuerpo. La mataron aquí abajo. Vinieron cuando estaba sola, y los malditos cobardes la asesinaron allí, contra la pared.

Ackie examinó las manchas de sangre y movió la cabeza.

—Tranquilízate —dijo—. Toma las cosas con calma.

Le cogí de la solapa y le sacudí.

—¡No me vengas con ésas! —grité—. Está allá arriba...

Me dio una bofetada en la mejilla con el revés de la mano. Me dolió, pero lo necesitaba. Por un instante me sentí atontado; pero luego le solté la solapa, que aún mantenía cogida con fuerza.

—Discúlpame, Ackie —dije, apartándome un poco—. Creo que estoy muy nervioso.

—Es natural —dijo—. ¿Subimos?

Acompañado de Ackie, me atreví a subir. Llegamos al primer piso. Encendí la luz del dormitorio y me acerqué a la cama.

—¡Dios mío! —exclamó Ackie.

Retiré la sábana con mano firme. El suelo se movió bajo mis pies, y Ackie me sujetó del brazo para que no me cayera. Los dos miramos atónitos.

Aun en la muerte, el rostro de Blondie mantenía su expresión hostil y suspicaz. Sus ojos vidriosos se hallaban inmovilizados en una mirada de terror, y la pintura de su boca reflejaba la luz de la lámpara. Estaba desnuda, y un pequeño agujero de bala sobre el seno izquierdo mostraba cómo había muerto.

17

—No..., no digas nada —exclamó Ackie—. Déjame pensar.

Me aparté del lecho. Mi cerebro se negaba a funcionar.

Ackie puso su mano sobre el brazo de Blondie, luego le cogió la muñeca y levantó el brazo. Yo me limitaba a mirarle.

—No hace mucho que está muerta —dijo. Cubrió el cadáver con la sábana y se alejó de la cama—. Miremos en las otras habitaciones —sugirió.

No pude moverme. Ackie registró el resto de la casa y regreso.

—No hay nadie.

Me senté.

—Ya lo ves, no la mataron...; sólo la secuestraron —dijo Ackie.

Salió nuevamente del dormitorio.

Repetí mecánicamente: «Sólo la secuestraron». Creo que me sentía tan mal como cuando la creía muerta.

Ackie regresó con la botella de whisky y dos vasos. Después de servir una generosa porción, me ofreció uno a mí.

—Si quieres recuperar a Mardi, es necesario que reacciones —dijo.

Tenía razón.

—Otra vez el viejo truco, Nick —dijo—. Lo mismo que hicieron con Vessi. Blondie sabía demasiado, de modo que la mataron y la dejaron aquí. Luego vendrá la policía y te detendrá. Y tendrán éxito, como lo tuvieron la primera vez.

Sí, también en eso tenía razón.

Concluí la bebida y me puse en pie. Mi propio peligro no me inquietaba; pero si deseaba ayudar a Mardi, debía evitar que me detuvieran.

—Será mejor que me dejes solo, Ackie —dije—. No puedo mezclarte en esto.

Ackie volvió a llenar su vaso.

—No digas tonterías —replicó.

—No...; estoy hablando en serio.

—Desde este momento estoy contigo. Vamos a sacar a luz toda la tramoya. Recuperaremos a Mardi y llevaremos a Spencer ante la Justicia. Descubriremos qué hay en el fondo de la Mackenzie Fabrics, y cuando hayamos concluido, escribiremos los artículos más sensacionales de la historia del periodismo... y hallaremos quién los publique.

—¿No bromeas? —pregunté.

—Sí, estoy contigo y no aceptaré negativas.

Me alegré de tener a Ackie conmigo. Era un hombre firme y de recursos en situaciones difíciles.

—En primer lugar, saquemos de aquí a esta dama. Si procedemos con rapidez, haremos fracasar cualquier intento de cargarte con la acusación de asesinato.

—¿Qué diablos haremos?

Ackie se rascó la cabeza.

—Podemos sacarla en mi coche y arrojarla por ahí —dijo.

—Sería mejor llevarla a su apartamento y dejarla allí. Dada su profesión, cualquiera podría ser el asesino.

—De acuerdo, haremos eso —convino Ackie.

—Pero no podemos llevarla desnuda. Debemos vestirla.

—Dicho sea de paso..., ¿por qué demonios la desnudaron?

—Supongo que para dar un toque de realismo a la cosa. Sin duda dejaron las ropas; de lo contrario, sería un buen argumento para la defensa.

Abrí un armario y examiné el interior. Allí estaba el gran sombrero negro de Blondie, al lado de los que usaba Mardi. Lo descolgué. No deseaba pensar en Mardi, pero la vista de aquellos objetos me conmovió.

Hallamos las ropas de Blondie en un montón, sobre el suelo, cerca del balcón.

Ackie las separó.

—Estas muchachas no usan mucha ropa, ¿eh? —comentó.

Le quité el vestido de entre las manos y lo revisé. La parte correspondiente al pecho mostraba un agujero y estaba manchada de sangre.

—La desnudaron después de matarla —dije—. Pero ¿por qué lo hicieron?

—Quizá pensaban llevarse las ropas, y luego las olvidaron.

Arranqué la sábana que cubría el cuerpo de Blondie.

—Dentro de poco comenzará a ponerse rígida.

Ackie se frotó la nariz.

—No me gusta la idea de vestir a esta muñeca —comentó—. ¿Qué opinas de un buen trago?

Nos bebimos dos vasos llenos hasta el borde.

Conseguí calzarle las medias. No fue un trabajo agradable. Su cuerpo se enfriaba rápidamente.

Ackie trataba de meterle los pies en los zapatos.

—Estas mujeres siempre compran números demasiado pequeños —observó—. ¡Realmente, es matador!

Finalmente, pudimos calzarla, y ambos nos sentamos agotados.

—Pasaremos por alto la ropa interior —dije, secándome el sudor de la frente.

Ackie pareció escandalizado.

—La muchacha tiene que estar presentable. No puede salir vestida de cualquier modo.

Le arrojé el corpiño y las bragas.

—Si piensas así, hazlo tú. Esto me revuelve el estómago.

Ackie pasó los pies de Blondie por las aberturas de la prenda.

—Si usted se está quieta, señora —dijo a Blondie—, será mucho más fácil.

Bebí otro vaso de whisky, y otro. Me estaba emborrachando.

—Por todos los santos... —exclamé.

Ackie se volvió.

—Escucha, Nick: échame una mano y déjate de actitudes afeminadas. Tengo que ponerle esto, ¿no es así?

Me acerqué y comencé a manejar el cuerpo inerte.

—En mis tiempos he realizado algunos trabajos feos, pero éste gana a todos.

Ackie se apartó y fue a tomar un trago de whisky.

—Tienes razón, Nick —dijo—. Pero debes contemplarlo desde este punto de vista: en realidad, se trata de un acto de decencia.

También Ackie se había achispado.

—Vamos, pues. Terminemos de vestirla.

Levanté el cuerpo de Blondie y lo apoyé contra la pared. Apliqué mi pie contra los de ella, para impedir que se deslizara, y la sostuve bajo los brazos. Sus ojos estaban fijos en los míos, y me provocaban escalofríos.

Con dedos temblorosos, Ackie le abrochó el corpiño. Estaba sudando, pero realizó su trabajo. La sentamos sobre la cama, mas se nos deslizó de entre las manos y cayó al suelo con estrépito.

Ackie se quitó el sombrero y se abanicó el rostro. Me miró con suspicacia.

—¿No lo hiciste intencionadamente? —preguntó. Me agaché y levanté el cuerpo de Blondie. Me sentía cada vez peor.

—Vamos..., vamos... —dije—. Ponle el vestido, por lo que más quieras.

Al fin logramos ajustarle el vestido. Fue lo peor de todo. Ninguno de nosotros dos deseaba tener nada que ver con la tela agujereada por la bala y manchada de sangre, y Blondie cayó al suelo otras dos veces antes de que concluyéramos.

Al cabo de un rato, Ackie dijo con expresión grave:

—¿Tendrías inconveniente si me encierro en el baño unos minutos?

—Mira —respondí—: Mejor tómate un trago. No quiero que malgastes el alcohol que tienes dentro.

Bebimos, pero no nos hizo mucho efecto. Ackie recogió el sombrero de Blondie y lo acomodó sobre la cabeza de la difunta. Lo hundió bastante, para ocultar los ojos vidriosos. Estuvo contemplándola unos instantes.

—Creo que ahora está perfectamente —comentó, mientras se rascaba la cabeza.

—Me alegraré mucho cuando la hayamos sacado de aquí —dije con firmeza.

—Creo que conviene ponerse en marcha —dijo Ackie—. Te apuesto cualquier cosa a que se pone rígida antes de que lleguemos a la casa.

—He sufrido bastante para una noche. No acepto apuestas.

—Bueno, vamos.

Sentamos a Blondie y le cubrimos los hombros con la capa de piel que encontramos entre las ropas de la muchacha. Además, de ese modo se disimulaban las manchas de sangre.

—Tendrás que ocuparte del traslado —observó Ackie—. Es demasiado pesada para mí.

Le pasé un brazo por la cintura y el otro a la altura de las rodillas y la levanté de la cama. ¡Demonios, qué pesada era!

—No sea orgullosa, señora —dijo Ackie—. Sosténgase del cuello de mi amigo.

—Si no terminas con esas bromas —dije—, la dejo aquí mismo.

Ackie se pasó la mano por la cara.

—Nick, si no hago algunos chistes, me volveré loco.

—Bueno, enloquece, pero termina con esto.

Al descender la escalera casi la suelto. El brazo de Blondie golpeó contra la pared y me rodeó el cuello.

—Por Dios, Ackie, apártale el brazo.

Mis dientes castañeteaban involuntariamente. Ackie venía detrás. Se había apoderado de la botella de whisky, y a cada escalón bebía un sorbo de licor. Se estaba pescando una borrachera infernal. Cuando llegué al vestíbulo, deposité a Blondie en una silla y quité a Ackie la botella.

—Escucha, animal —le increpé—: Suponía que deseabas ayudarme. Bueno, ¿me haces el favor de dominar tus nervios?

—Seguro —contestó Ackie—, seguro... No te preocupes.

De pronto, Blondie estiró las piernas y comenzó a deslizarse de la silla. Nos quedamos mirándola, incapaces de reaccionar. Ackie dijo con voz estremecida:

—Creo que no podré soportar mucho más.

Blondie cayó sentada, con un golpe seco, y luego se inclinó a un costado. Se le desprendió el sombrero y se soltó uno de los zapatos.

Ackie se sentó sobre la escalera y ocultó el rostro en las manos.

—Creo que me suicidaré —dijo.

Mientras levantaba el cadáver, advertí que los músculos se hallaban más rígidos.

—Rápido, Ackie —exhorté—. Se está enfriando totalmente.

Ackie se incorporó y me dio el sombrero de Blondie.

—Quizá de ese modo sea más fácil de manejar —dijo con esperanza.

Aplasté el sombrero sobre la cabeza de Blondie.

—Cógela de las rodillas... Dentro de unos minutos será imposible meterla en el auto.

Nos sumergimos en las sombras de la noche. Sólo alcanzaba a oír la pesada respiración de Ackie y el ruido de nuestros pasos sobre la grava. El cielo estaba nublado y tormentoso.

El coche era espacioso, pero nos llevó tiempo y esfuerzo introducirla. Finalmente, conseguimos acomodarla en un rincón del asiento trasero. A la luz mortecina de la pequeña lámpara del techo ofrecía bastante buen aspecto. Nadie hubiera advertido que estaba muerta.

—Buen trabajo —comentó Ackie.

—Espérame aquí —dije—. Voy a buscar el zapato.

—Si crees que aceptaré quedarme a solas con ella, estás loco —dijo Ackie con gran vigor—. O vamos juntos, o ninguno se mueve.

Apagamos la luz del coche y regresamos a la casa.

—Antes de marcharnos conviene limpiar todo —sugerí.

Así lo hicimos. Cuando terminamos, bebimos otra copa, apagamos todas las luces y nos dirigimos hacia el coche.

—Echaremos a suertes quién conduce —propuse.

Gané.

Ackie quiso sentarse a mi lado.

—Siéntate atrás..., para eso echamos a suertes —observé—. Procura que no se caiga.

—Y dices ser mi amigo —exclamó Ackie. Vaciló un instante; finalmente, se decidió. Abrió la puerta del asiento posterior y subió.

—Bueno, pórtate bien —dijo, dirigiéndose a Blondie.

Puse el motor en marcha, y salimos al camino.

—Está muy tranquila —dijo Ackie al cabo de unos minutos—. Creo que puedo pasar adelante.

—Quédate ahí.

—Vamos, muchacho; si pensamos continuar con esto, necesito beber. En la guantera hay una botella..., dámela.

Sin apartar la vista del camino, con una mano revolví en el lugar indicado por Ackie, y encontré una botella. Se la entregué.

—No tienes mucha gasolina —dije, después de echar una ojeada al medidor—. Ha sido un grave descuido, Ackie. Tendremos que pararnos para cargar.

Durante un minuto Ackie no dijo palabra...; supongo que estaba bebiendo. Luego habló:

—Arréglate tú, chico. Yo y mi amiga no nos moveremos de aquí.

—Por Dios, Ackie, no te emborraches.

—Si estuvieras aquí, tratarías de emborracharte como yo...; así, por lo menos, no enloquezco. ¿Te gustaría estar sentado al lado de un cadáver? Me está mirando constantemente. Te digo que esta dama no se cansa de mirarme. Me da escalofríos.

—¡Oh, cállate! —dije, y me concentré sobre el camino envuelto en sombras.

Después de un rato se puso a cantar. No pude soportarlo. Retiré el pie del acelerador y frené. Me volví hacia Ackie.

—Por Dios, ¿te callarás o no?

—A ella le gusta —replicó Ackie—. Pregúntale y verás.

Encendí la luz del techo. Ackie estaba encogido en el extremo más alejado del cuerpo de Blondie, y el rostro de mi amigo tenía color ceniza y los ojos parecían querer salírsele de las órbitas. Le retiré la botella de licor. Había bebido abundantemente, por lo que sólo quedaba un poco. Me lo bebí y arrojé la botella al camino.

—Cálmate —le exhorté—, trata de dominarte.

—Seguro... Tú atiende al volante... Nosotros estamos bien. Te aseguro que estamos bien.

Continuamos la marcha. Se estaba acabando el combustible, y no podía correr el riesgo de quedarme sin gasolina en un camino bien iluminado. Necesitaba aprovisionarme en la estación de servicio más próxima.

No tuve que ir muy lejos antes de avistar una. Detuve el coche al lado de un surtidor.

—Voy a cargar —dije a Ackie—. No abras la boca y no compliques las cosas.

—Complicar las cosas, ¿yo? No me hagas reír. Blondie y yo nos quedaremos mudos como tumbas.

Hubiera preferido que Ackie se mantuviera apartado de la botella. En el estado en que se encontraba, era perfectamente capaz de provocar un embrollo mayúsculo. Cada vez que recordaba el cuerpo de Blondie sentado dentro del coche, sudaba copiosamente.

Apareció un hombre de edad que ostentaba una hermosa barba de chivo. Para que no se acercara demasiado al coche, descendí enseguida.

—Deme veinte litros —ordené secamente.

Mientras ajustaba la manguera, una motocicleta surgió de entre las sombras, y su conductor detuvo la marcha al lado de nuestro coche. Cuando advertí los anchos bordes del Stenson me puse tenso. Era un patrullero estatal.

—Dese prisa, amigo. Tengo poco tiempo.

El patrullero desmontó y se acercó a nosotros. Le reconocí inmediatamente. Era un individuo llamado Flanaghan. Le había conocido en mis épocas de periodista principiante. Aunque traté de ocultarme entre las sombras, también él me reconoció.

—¿Usted es Mason? —preguntó.

Le alargué la mano.

—Bueno, bueno —dije, estrechándole vigorosamente la mano—. ¡Qué pequeño es el mundo!

Me alegró que no pudiera leer mis pensamientos. Era amable y simpático, y se habría sentido impresionado.

—¿Qué está haciendo por aquí? —preguntó, después de las habituales palmadas y expresiones de alegría.

—Estoy pasando una temporada en la propiedad del coronel Kennedy —contesté—. Ahora voy a dar una vuelta por la ciudad.

Dirigió la vista al coche. En ese instante, Ackie bajó el cristal de la ventanilla y asomó la cabeza.

—¡Eh, Nick!—vociferó—. Ven a ver a esta dama.

Flanaghan avanzó un poco.

—Pero ¡si es ese sinvergüenza del *Globe*! —exclamó.

Ackie le miró.

—¡Hola! —dijo con voz débil—. ¡Quién diría que usted andaba por aquí!

—¿Dónde está la dama? —preguntó Flanaghan. Siempre había mostrado gran inclinación por las mujeres.

Ackie me miró. La situación le había despejado un poco la borrachera.

—No se preocupe por ella —dijo, siempre en voz baja—. No funciona.

—¿Qué quiere decir «no funciona»? ¿Que está del otro lado?

Ackie volvió la vista hacia mí.

—¿Le dijiste...? —preguntó con voz agria.

—Ackie quiere decir que está muy bebida —expliqué.

Se produjo un silencio embarazoso, y, finalmente, Flanaghan observó:

—Muchachos, espero que no se habrán metido en algo feo.

Ackie se sumergió en las sombras del coche y se sentó. Más allá de su hombro alcancé a ver el sombrero de Blondie. El sudor me corría por la espalda.

—Usted sabe cómo son esas cosas —expliqué a Flanaghan—. La muchacha no está acostumbrada a nuestro modo de beber y tomó demasiado. La llevamos a su casa para que duerma.

Ackie se acercó a Blondie y la rodeó con su brazo. Creo que mi compañero seguía bastante borracho.

Flanaghan dio la vuelta y escudriñó en el interior del automóvil. Ackie advirtió la maniobra y se apretó más estrechamente contra Blondie. De ese modo consiguió ocultarla de la vista de Flanaghan.

—¡Eh! —exclamó Ackie—. Despiértate, linda. Aquí hay un policía que pregunta por tu salud.

Me quité el sombrero y enjugué el sudor de mi frente.

Flanaghan se acercó más aún.

—¿Te sientes bien, nena? —gritó Ackie.

Y entonces, en el silencio que siguió, del coche surgió una horrible voz de soprano:

—Claro que estoy bien. Dile al policía que se meta en sus propios asuntos.

Con horrorizada fascinación vi que Blondie movía dos veces la cabeza y hacía un gesto con el brazo.

Satisfecho, Flanaghan se apartó.

—Creo que esa mujer está borracha como una cuba —dijo—. Será mejor que la lleven a su casa.

Pagué al encargado del surtidor y me puse al volante.

—Hasta pronto —dije a Flanaghan, y puse en marcha el coche.

Con una rápida maniobra salí de la estación de servicio y enfilé por la carretera, mientras Flanaghan nos seguía con la vista y, perplejo, se rascaba la cabeza.

Ackie comentó con voz débil:

—Te aseguro que ahora no dirías que Blondie es una mujer ardiente. Me siento congelado.

—Por Dios, Ackie, cállate.

Hicimos en silencio el resto del trayecto. Cuando llegamos al apartamento de Blondie comenzó a llover. Grandes goterones empezaron a mojar la calzada. Era el primer indicio de buena suerte en toda la jornada. Si continuaba lloviendo así, las calles se mantendrían desiertas.

Bajé a la acera, y con un gesto contuve a Ackie.

—Espera a que abra la puerta —dije.

—Magnífico —replicó Ackie—. Déjame siempre con el cadáver.

Me acerqué a la puerta de la calle. En la semipenumbra, alcancé a ver la chapa de bronce. Se me ocurrió que Blondie ya no la necesitaría. Tenía una idea muy vaga respecto al modo como entraríamos; pero cuando hice girar el picaporte, la puerta se abrió. Vacilé un instante y luego entré. Subí rápidamente la escalera hasta el pequeño apartamento de Blondie. El lugar estaba a oscuras y no había nadie.

Bajé de nuevo y llamé a Ackie.

—Perfectamente, ya podemos subirla.

Esta vez no fue tan difícil manejar a Blondie. Era como manipular una estatua de cera. Cuando la toqué, la sentí dura como madera. La saqué del auto.

—Ponte a un costado —dijo Ackie—. Yo la sostendré del otro.

Caminamos pocos pasos sobre la acera y traspusimos el umbral de la puerta. Me vi obligado a cargarla por la escalera, porque no había espacio suficiente para los tres. Aseguro que cuando llegué al dormitorio me sentía muy contento.

Ackie entró detrás de mí.

—Siéntala en una silla —dijo—. Parecerá más natural.

En ese momento se abrió la puerta del cuarto de baño y apareció Katz. Nos vio y echó mano a la pistola.

18

Cuando un tipo desenfunda una pistola en una habitación pequeña y pretende agujerearle a uno, sólo se puede adoptar una actitud, aparte de rezar. Hay que tirarle todo lo que se tenga a mano, a la mayor velocidad posible y con toda la fuerza de que se disponga.

Bueno, acababa de entrar al cuarto, y en mis brazos tenía el cuerpo de Blondie, que parecía una estatua de mármol. Ackie estaba detrás, pero poco podía hacer, porque mi cuerpo se hallaba entre mi amigo y el pistolero.

Hice lo mejor que podía hacer, dadas las circunstancias. No resultó agradable, pero no tenía otra alternativa. Arrojé el cuerpo de Blondie a la cara de Katz.

Intenten alguna vez tirar una mujer corpulenta como Blondie de un extremo a otro de una habitación, y verán si es fácil. Concentré toda mi energía en el esfuerzo y allá fue Blondie. Golpeó a Katz en el estómago, y el pistolero se abatió como si hubiera tropezado con un muro.

Blondie rebotó y cayó al suelo, donde quedó en la misma postura en que la habíamos sacado del coche, como una figura de cera que se hubiera deslizado de una silla.

Me eché hacia delante y caí sobre Katz. Trató de recoger una pierna para golpearme, pero falló por una fracción de segundo. La pistola se le había escapado de la mano y había rodado bastante lejos. Abrigué la esperanza de que Ackie tuviera la idea brillante de apoderarse del arma.

Katz me agarró de la cintura y desarrolló una fuerza asombrosa. El tipo era delgado, pero muy vigoroso. Antes de que pudiera inmovilizarlo, me había tirado hacia atrás, enviándome contra el cuerpo de Blondie. Yo estaba demasiado enardecido como para preocuparme de eso, y, cuando me disponía a incorporarme, Katz echó las dos piernas adelante y me hizo una tijera en torno al cuello. Conocía bien el juego, y sin perder tiempo le saqué el zapato y empecé a manipularle el dedo gordo del pie. La tijera no le sirvió de nada.

—Dale fuerte —gritaba Ackie desde el umbral—. Pégale sin asco, Nick.

Conseguí deshacer la tijera, pero recibí un buen puntapié en la cara cuando me disponía a echarme sobre él. Felizmente, me alcanzó con el pie descalzo. De lo contrario, habría visto algunas estrellas muy brillantes.

De todos modos, me hizo retroceder, y Katz tuvo tiempo de incorporarse. Pasé nuevamente al ataque. Me asaltó el recuerdo de Mardi, y le di donde le doliera. Y le dolió. Cayó sobre la cama, le agarré con fuerza de los largos cabellos y encajé un golpe decisivo sobre su mandíbula. Se apagó como una vela.

Me incliné sobre Katz, mientras me frotaba los nudillos.

—Ahora estaba empezando a gustarme —dijo Ackie—. No debías haberte apresurado tanto.

Pasé al otro lado de la cama y recogí el cuerpo de Blondie. Había perdido el sombrero, pero parecía tan hostil y desconfiada como siempre. La dejé sobre un sillón, y me aseguré de que no se caería nuevamente.

Ackie se recostó contra la pared, observando la escena.

—¡Diablos! —dijo—. Esto parece una de esas películas de horror.

—Hay que tratar de que Katz vuelva en sí. Quiero hacerle hablar —dije—. Ayúdame, Ackie. Primero le ataremos, para el caso de que pretenda resistirse.

El rostro de Ackie se iluminó.

—¿Piensas torturarlo? —preguntó.

—Sí —repliqué—. Voy a darle hasta que cante todo el repertorio.

Ackie se rascó la cabeza.

—Te verás en líos —comentó—. Éste es el principal matón de la ciudad. Esperemos que no nos salga el tiro por la culata.

No me molesté en contestar. Sabía que muy pronto estallaría el escándalo. Pero mientras yo consiguiera mantenerme en acción, lo demás no me importaba. Registré los bolsillos de Katz. Encontré un fajo de billetes. No necesité contarlos. Sabía que eran los cinco mil que Blondie me había robado. Mostré el dinero a Ackie.

—A esto había venido —observé—. Este perro se estaba forrando los bolsillos.

—¿Te lo guardarás?

Moví la cabeza.

—No quiero correr riesgos. Los dejaré donde los encontré. Si la policía me registra, me acusarán de robo.

—Piensas en todo, ¿eh?

Ackie me contempló con admiración. Al parecer, se le habían pasado ya los efectos del alcohol.

—Tráeme algunas toallas del baño. Quiero maniatar a este pájaro.

Después de unos instantes, Ackie regresó con un par de toallas. Las rasgué por el medio y até a Katz. Ackie observaba a poca distancia. Sabía que Ackie estaba atemorizado, pero no hizo ningún comentario. Se limitaba a mirar. Sin duda estaba pensando que, si no triunfábamos en la aventura, nos veríamos en una situación sumamente difícil. En tales circunstancias, la actitud que adoptaba constituía una demostración de amistad y compañerismo.

Me incorporé y comencé a golpear la cara de Katz. Movió la cabeza, murmuró algo y abrió los ojos. Apenas me vio trató de incorporarse. Le puse una mano sobre la cara y le obligué a echarse. A pesar de su situación desesperada, intentó morderme la mano.

—Domínese —le aconsejé—. Quiero que me diga algunas cosas. Si es inteligente, hablará ahora mismo. En caso contrario, me veré obligado a convencerle.

Katz contuvo la respiración. Apretó los labios y entornó los ojos.

—Creo que usted está loco, Mason —dijo—. Seguro que está loco, para haber hecho lo que hizo.

No estaba dispuesto a ningún tipo de contemplaciones. Le di un puñetazo en la cara para demostrarle que no jugaba.

Un delgado hilo de sangre partió desde el labio herido. Sacó la lengua y se lamió cuidadosamente la herida. Sin duda ese hombre me odiaba tanto como es posible odiar a otro hombre.

Me senté sobre el borde de la cama, muy cerca de Katz.

—No me importa si debo destrozarle —dije con voz muy suave—. Pero le haré hablar. ¿Dónde está mi esposa? ¿Dónde está Mardi Jackson?

No lo sabía. Un escalofrío de desilusión me recorrió el cuerpo cuando vi la expresión de sus ojos. Nada sabía, y comprendí que no me engañaba. La pregunta había sido una verdadera sorpresa, de eso estaba seguro.

—Muy bien. Probaremos de nuevo. ¿Qué hay detrás de la Mackenzie Fabrics?

Esta vez desvió los ojos.

—Váyase al infierno —dijo—. No hablaré.

—Siéntate sobre las piernas de este tipo —dije a Ackie.

Ackie se acercó a la cama con el aire de quien se ve obligado a sentarse sobre una serpiente de cascabel. No miró a Katz, pero hizo lo que yo le pedía. Retiré el calcetín del pie de Katz y miré al pistolero.

—Cuando esté dispuesto a hablar, dígamelo —le advertí—. No tengo ninguna prisa.

Extraje un cigarrillo y lo encendí. Cuando el extremo estuvo bien encendido, lo retiré de mi boca y lo aplasté contra el pie de Katz. Si Ackie no hubiera estado encima, el pistolero habría saltado hasta el techo. Creo que en el fondo todos estos matones son iguales. Se acobardó inmediatamente, y el sudor le corría por toda la cara.

—Está bien..., está bien... —dijo, jadeante—. Hablaré.

—Ahí tienes a tu serpiente de cascabel —dije a Ackie—. Un cobarde perfecto.

Ackie se puso en pie y sonrió burlonamente.

—Vamos, nene —dijo—. Todavía no hemos comenzado.

—Déjalo, Ackie. Si le hablas muy fuerte, se echará a llorar.

Katz se limitó a mirarnos furiosamente.

—Vamos —dije, impaciente—. ¿Qué hay detrás de la Mackenzie?

Nos llevó algún tiempo, pero en definitiva habló bastante. El plan, en el fondo, era bastante sencillo.

La Mackenzie Fabrics era una enorme organización de canje de mercancías robadas. Funcionaba del siguiente modo: con las grandes importaciones de telas y sedas de Inglaterra y de China ingresaban también multitud de objetos robados. Del mismo modo, artículos sustraídos en territorio norteamericano eran enviados al exterior, a las agencias extranjeras de la Mackenzie.

Spencer era el jefe supremo. Él compraba o vendía a las diferentes bancas que operaban en territorio de los Estados Unidos. Dado que algunos altos funcionarios estatales recibían su parte bajo la forma de suculentos dividendos de las acciones que habían suscrito, el negocio era seguro por donde se mirara.

Comprendí que apenas Katz se viera libre, no se detendría hasta liquidarnos. Ahora sabíamos demasiado. Sólo cabía una solución, y ello consistía en mantener encerrado a Katz el tiempo suficiente para llevar un ataque a fondo contra la banda.

No me gustaba liquidarlo a sangre fría, pero, a decir verdad, no se me ocurría ninguna otra solución. Ackie me miraba y comprendió lo que yo pensaba.

—Déjalo por mi cuenta —dijo—. Creo que no será difícil hacerlo encerrar veinticuatro horas.

Lo miré con escepticismo.

—Veinticuatro horas no es mucho —dije—. Necesitaremos más para completar la redada.

Ackie se encogió de hombros.

—Por ahora debemos conformarnos con eso —insistió—. Procuraremos no perder tiempo.

Cuanto más discutiéramos, más tiempo perderíamos, de modo que decidí aplicar la idea de Ackie.

—Podemos ir a la comisaría vecina y presentar una acusación por agresión. Diré al sargento que lo mantenga incomunicado. Es amigo mío y estará encantado de charlar con Katz.

—Muy bien —dije, incorporándome—. Salgamos.

Katz no opuso resistencia. Bajó la escalera, siempre con las manos atadas a la espalda. Ackie abría la marcha, seguía Katz y luego yo. Antes de abandonar el cuarto me aseguré de que no dejábamos indicios comprometedores de nuestra presencia, susceptibles de vincularnos a la muerte de Blondie. Luego, después de dirigir una última mirada a la figura inmóvil en el sillón, apagué la luz y comencé a descender en pos de Katz.

Cuando llegamos a la puerta de la calle, clavé la pistola de Katz en la espalda de su dueño.

—No se pase de vivo, hermano —dije—. Nada podemos perder, y me agradaría tener la oportunidad de agujerearle el pellejo.

Caminó por la acera y subió al asiento trasero del coche. Yo me coloqué a su lado, y Ackie frente al volante.

—Si queda algo de whisky —dije—, creo que un trago para cada uno no vendría mal.

Ackie revisó la guantera y movió la cabeza.

—Ni una gota —comunicó con desaliento—. ¡Qué mala suerte!

—Bueno, sigamos... Cuanto antes nos libremos de este pájaro, mejor.

Mientras recorríamos la distancia que nos separaba de la comisaria, reflexioné sobre la situación. En primer lugar, debía encontrar a Mardi. Nada era más importante que eso. Luego debía hallar pruebas suficientes para condenar a Spencer. Si no quería hallarme en una situación muy grave, necesitaba cumplir ese programa en veinticuatro horas. No era fácil, pero no me quedaba otro remedio.

Si Spencer no había secuestrado a Mardi, ¿quién lo había hecho? Quizá me equivocaba al negar responsabilidad a Spencer, pero Katz no sabía nada, y el pistolero era el brazo derecho de Spencer. Quizá había sido un trabajo de Gus y de su corpulento amigo, pero aun así Katz tendría que haberlo sabido. Si de algo estaba seguro, era de que Katz nada sabía.

De pronto me asaltó un recuerdo. Podía ver el rostro atemorizado de Mardi, y resonaban en mis oídos sus propias palabras: «No conoces a Sara Spencer. Tengo miedo. Es una mujer peligrosa, y no se detendrá ante nada».

¡Sara Spencer! Me enderecé en el asiento. ¿Sería ella la culpable de la desaparición de Mardi? Cuanto más pensaba en esa posibilidad, más probable me parecía. Cuando llegamos a la comisaría, ardía en deseos de mantener una entrevista con la señora Spencer.

Ackie se acercó a la entrada del fondo, y detuvo el coche.

—Quédate aquí —ordenó—. Iré a ver si la costa está libre.

Miré a Katz y le apunté con la pistola.

—Ahora descansará un poco —dije—. Y espero que tenga tiempo para reflexionar.

Sin mirarme, replicó:

—No durará mucho, Mason. Si cree que podrá derrotarnos, está loco. Usted es lo más parecido a un cadáver que jamás he visto.

Después de aliviar su pecho, se rió. Sí, había recuperado el ánimo, una vez que comprendió que no pensábamos matarle. Juro que no me gustó el timbre de su risa.

Ackie se acercó y me hizo un gesto con la cabeza.

—Me alegro de haber ido a explorar el terreno —dijo, manteniendo baja la voz—. Lazard está dentro. El abogado más inteligente de la ciudad. Si ve a Katz, lo sacará con tanta rapidez que ni te darás cuenta de lo que ha pasado.

Comencé a sentirme nervioso. Mucho dependía de que Katz estuviera fuera de circulación unas cuantas horas.

—¿Dónde está ahora ese Lazard? —pregunté.

—Se dispone a salir. Esperaremos a que se marche, y luego entramos.

Mientras Ackie pronunciaba estas últimas palabras, un hombre salió por la puerta trasera de la comisaría. Era un tipo bajo y grueso, con un gran sombrero de anchos bordes. Katz lo vio también, y soltó un sonoro berrido.

Me volví y le descargué un puñetazo en la cara. Seguramente se lo esperaba, porque bajó la cabeza y mi golpe le dio en la frente. Tuve la sensación de que había golpeado una pared de ladrillos, y un dolor agudísimo me recorrió todo el brazo. La fuerza del golpe aturdió a Katz, y se desplomó sin sentido en el asiento.

—Ahí viene —dijo Ackie por lo bajo.

Lazard había oído el grito y se detuvo, atento; luego avanzó cautelosamente hacia el coche. Ackie se adelantó un paso para interceptarle.

—¿Qué pasa aquí? —preguntó Lazard.

Tenía una voz aceitosa, meliflua.

Ackie no le cedió paso.

—Nada que le importe —replicó secamente—. Váyase, hermano. No me gusta la gente que hace demasiadas preguntas.

Lazard lo examinó atentamente.

—Caramba, Ackie —dijo—, ¿qué diablos está haciendo aquí?

—Váyase, hermano —dijo Ackie pacientemente—. Está molestando.

Sí; Lazard no era un tonto. Dijo, arrastrando ligeramente las palabras:

—Si están reteniendo a alguien contra su voluntad, les aseguro que me interesa.

Katz estaba saliendo del desmayo.

—Si habla —le comuniqué en voz muy baja—, le hundo la cabeza de un culatazo.

Entretanto, Lazard procuraba eludir a Ackie. Parecía como si ambos estuvieran bailando una especie de lenta danza africana. De pronto, Ackie perdió los estribos.

—Si no se marcha —dijo—, le moleré a palos.

La amenaza desconcertó a Lazard. Retrocedió rápidamente.

—Creo que usted está borracho —anunció—. Tenga cuidado, esa conducta puede crearle muchos problemas.

Vaciló un momento, se volvió y se alejó rápidamente.

Lo contemplamos mientras se alejaba, y yo respiré aliviado.

—No me gusta esto, Ackie —dije.

Ackie lanzó algunas maldiciones.

—Debemos vigilar a ese tipo. Entraré a hablar con el sargento. Espérame aquí.

Algunos minutos después regresaba, y en su rostro se dibujaba una sonrisa dura.

—Todo arreglado —dijo—. Adentro con él.

Sacamos del auto a Katz y lo empujamos hacia el interior del edificio de la policía. Sólo entonces me sentí un poco más tranquilo, aunque hubiera preferido llevarme a Katz a la comisaria del otro lado del río.

El sargento de guardia vino a nuestro encuentro y me saludó con un gesto. Era un irlandés corpulento, de cara rojiza y ojos fríos.

—Este pájaro necesita un calabozo —dijo Ackie—. Lazard puede regresar en cualquier momento.

El sargento posó sus ojos sobre Katz.

—Siempre quise echarle el guante —comentó—. Tráiganlo aquí.

Abrió una puerta y nos guió por un largo y estrecho pasillo.

De pronto, Katz se inclinó, giró sobre los talones y echó a correr en dirección a la calle. Me había esperado algo parecido, pero no creí que fuera capaz de moverse tan rápidamente. Casi se nos escapa. Llegó hasta la puerta, y cuando iba a pasar el umbral conseguí atraparle por las piernas. Caímos al suelo, uno encima del otro.

El sargento me seguía de cerca, y entre los dos arrastramos de vuelta a Katz, que luchó como un desesperado y gritó a pleno pulmón.

Me aparté un poco y descargué mi puño sobre la mandíbula del pistolero. Katz se desplomó como un saco de patatas. El sargento le arrastró por el pasillo, descendió unos pocos escalones y entró en una habitación desnuda.

Ackie regresó uno o dos minutos después, y su rostro ostentaba una expresión preocupada.

—Lazard lo vio todo —dijo—. Estaba en la calle.

El sargento estaba furioso. Aferró del cuello a Katz y le sacudió enérgicamente. Luego le soltó, dejándole caer sobre el piso.

—Lazard le sacará de aquí, Pat —dijo Ackie.

El sargento movió la cabeza.

—Este pájaro se quedará aquí veinticuatro horas —dijo—. Nadie baja a los calabozos y yo guardo la única llave. Puede gritar hasta cansarse... No le oirán.

Desde el suelo, Katz protestó.

—Suéltenme... o les ocurrirá algo que no les gustará.

Creí que el sargento iba a explotar. Su rostro rojizo se oscureció y sus manos enormes se convirtieron en puños del tamaño de pelotas de fútbol. Extendió un brazo y levantó del suelo a Katz. De un puñetazo le envió contra la pared, y la cabeza del infeliz resonó sordamente al golpear contra el cemento. Se deslizó lentamente y cayó inerte.

—Mejor será que los dejemos solos —sugerí—. Mañana a la noche vendremos a formalizar la acusación.

El sargento ni siquiera me oyó. Avanzaba despacio hacia Katz, los puños ligeramente delante del cuerpo, y un sonido hondo brotaba de su pecho.

Cuando Ackie y yo salíamos del cuarto, oímos un aullido de espanto que brotaba de la garganta de Katz.

19

—Pronto empezamos, Nick —dijo Ackie—. Ahora no podemos retroceder.

—¿Crees que Lazard conseguirá la libertad de Katz?

—Supongo que irá a ver a Spencer. Un sujeto como Lazard nunca hace nada sin asegurarse previamente.

Nos detuvimos al lado del auto.

—Escucha, Ackie: hay que apresurar los acontecimientos. Vete a la Oficina Federal y explica el problema. Haz que el sargento entregue a Katz a los federales. Una vez que hayamos conseguido eso, Lazard no podrá dar un paso.

Ackie se echó atrás el sombrero y se rascó la cabeza.

—Y tú ¿qué harás?

—Buscaré a Mardi —dije sombríamente.

—Sí..., pero ¿dónde? Necesitas saber por dónde empezar. Debes trazarte un plan.

—No he tenido tiempo de explicarte la participación de Sara Spencer en este asunto —dije—. Es una idea, pero juraría que estoy en lo cierto. Creo que ella la ha secuestrado.

Relaté a Ackie lo que sabía. Todo lo que Mardi me había dicho y por qué yo suponía que había secuestrado a Mardi.

—Esa mujer está desesperada —concluí—. Sin duda confía en que yo moveré el avispero para encontrar a Mardi. No se ha equivocado, pero no permitiré que siga de espectadora. También ella se verá obligada a afrontar riesgos.

Ackie me escuchaba con evidente escepticismo.

—No... —dijo—. No concuerda. Sara Spencer no tiene la inteligencia ni el carácter necesarios para pensar todo lo que tú le atribuyes. Yo la conozco, pero tú no. Posee el cerebro de un mosquito y la moral de un gato de albañal. Además, está loca por Spencer... No creo nada de eso.

Me encogí de hombros.

—No creas saberlo todo, Ackie —repliqué—. Sea como fuere, voy a ver a esa mujer... Tal vez descubra algo.

Ackie arrugó el ceño, pero no hizo más comentarios. Comprendí que me creía mal encaminado, pero me dije que por algún lado tenía que empezar. Si Sara Spencer era la mujer del teléfono, se vería obligada a explicar unas cuantas cosas antes de convencerme de que nada tenía que ver con la desaparición de Mardi.

Puse la mano sobre el hombro de Ackie.

—Es mejor que empieces ya —dije—. Procura convencerlos.

Pero Ackie no se movió.

—¿Cuánto debo revelar a la policía?

—Todo lo que Katz nos dijo. Es suficiente. No compliques a Blondie ni menciones a Mardi. Saca a la luz pública el caso de la Mackenzie Fabrics... Es suficiente.

Ackie asintió.

—¿Y tu participación? —preguntó.

—Sí, tienes razón... Me parece mejor que te olvides de mí. Necesitaré realizar unas cuantas averiguaciones, y no me gustaría perder el tiempo sentado en una oficina contestando las preguntas de la policía.

Ackie echó a andar.

—Llévate el coche —dijo—. Tomaré un taxi. Ten cuidado, compañero. No empieces nada que no seas capaz de terminar. Recuerda que te enfrentas con enemigos peligrosos.

—No te preocupes por mí —repliqué—. Me cuidaré. Cuando termines de declarar, vete al salón de la prensa. Te llamaré allí.

Ascendí al coche y puse en marcha el motor. Ackie se detuvo en la esquina y me saludó con la mano cuando pasé a su lado. Aunque no lo sabía, pasarían muchas semanas antes de que volviera a verle.

Spencer tenía una hermosa residencia en Parkside. No me llevó mucho tiempo llegar allí, y después de estacionar el coche frente a la casa, paré el motor. La construcción se levantaba sobre un terreno de dos acres, y estaba rodeada de árboles y arbustos que la ocultaban a los ojos del transeúnte.

Crucé la calle y examiné el portón de acceso al jardín. No pensaba tocar el timbre y anunciarme formalmente. Prefería sorprender a la dama. Entonces ocurrió algo que me sobresaltó. La bocina del coche de Ackie sonó como si alguien hubiera apretado apenas el botón. Volví la cabeza hacia el coche, y llevé la mano al bolsillo trasero del pantalón, donde guardaba la pistola de Katz. En la oscuridad, sólo podía distinguir los borrosos contornos de una figura sentada en la parte delantera del vehículo.

Con la pistola desenfundada, crucé de nuevo la calle. Estaba tenso, y esperaba recibir en cualquier momento una dosis de plomo. Cuando ya estaba casi al lado del auto, una voz llamó muy suavemente:

—Nick... Nick..., soy yo.

Era ella, Mardi. Estaba acurrucada en el asiento del coche, y me miraba por la ventanilla abierta, con su rostro pálido y asustado.

Me quedé parado, atónito. La miraba, pero apenas podía creer lo que veía.

—Mardi... —le dije.

—Sí..., por favor, sube. Debemos salir de aquí. Nick, sube rápidamente.

La urgencia de su voz me impulsó a actuar. Abrí la puerta del coche y me deslicé tras el volante. Puse mis manos en sus hombros, y la sentí temblar.

—Pero, querida..., ¿qué ocurrió? ¿Cómo te encuentras aquí? —pregunté, tratando de atraerla.

Con una violencia que me sorprendió, me rechazó.

—Nick..., no hables. Sácame de aquí —dijo.

Había un intenso acento de histeria en su voz. Puse en marcha el motor y comenzamos a recorrer las calles.

No íbamos a gran velocidad, pero nos alejábamos del centro de la ciudad.

—¿Dónde quieres ir, nena? —pregunté—. Toma las cosas con calma. Te llevaré donde tú digas.

—Tengo tanto miedo, Nick... Sólo quiero huir. No hables ahora, sácame de esta ciudad..., a cualquier parte, pero fuera de aquí.

Apreté el pedal del acelerador, y el coche adquirió más velocidad. Era inútil hacer preguntas en el estado en que se hallaba Mardi. Algo grave debía de haber ocurrido para que se sintiera tan trastornada. Poco a poco fuimos dejando atrás las últimas casas. Conducía el coche, los ojos fijos en los haces de luz de los focos, que iban indicando el camino, y me preguntaba qué podía haber ocurrido. La sentí temblar, pero no la miraba. Pensé que lo mejor era que se calmara antes de pedirle explicaciones.

Sólo comenzó a tranquilizarse cuando salimos de la ciudad, en el camino desierto. Paulatinamente cesó el temblor convulsivo de su cuerpo. Busqué su mano y la apreté, y ella me respondió, y entonces comprendí que todo marchaba perfectamente entre nosotros.

—¿Qué te parece si nos detenemos aquí y conversamos un poco? —propuse-—. No podemos seguir así toda la noche.

—No detengas el coche, Nick —rogó ella—. Debemos seguir... Por favor, no te detengas.

Apoyó la cabeza sobre mi hombro, y la abracé fuertemente.

—Seguiremos si lo deseas.

Y así seguimos por el camino. Al cabo de un rato, Mardi se durmió. Sentía su suave respiración sobre mi mano. Cuando comprendí que dormía profundamente, aminoré la velocidad. No sabía adónde íbamos, y no me gustaba quedarme varado en medio del campo, sin gasolina. Todavía tenía combustible, pero quería conversar con Mardi antes de continuar.

El camino se extendía sobre unas doscientas millas entre arena y matorrales, y luego pasaba por un pueblo llamado Plattsville, para seguir luego en dirección al Pacífico. Un camino largo, recto, llano y monótono, que unía pequeños pueblos, como un hilo que enlazara pequeñas cuentas espaciadas entre sí.

Miré mi reloj. Eran más de las dos. Calculé que en una hora estaríamos en Plattsville. Resolví que no pasaría de Plattsville sin averiguar qué era lo que atemorizaba a Mardi. Quizá después de descansar se mostrara más razonable.

Apreté el acelerador. A aquella hora de la madrugada el viento barre la planicie, y comenzaba a sentir frío. No sólo necesitaba un trago, sino que empezaba a sentir sueño.

Las agujas del reloj indicaban las tres y cuarto cuando distinguí las pocas luces callejeras de Plattsville. Disminuí la marcha y frené el coche a un lado del camino. La ligera sacudida despertó a Mardi, que se incorporó nerviosamente.

—Cálmate, nena —dije enseguida—. Estamos a poca distancia de un pueblo. Se me ocurrió que aceptarías hablar antes de que sigamos adelante.

Mardi espió por la ventanilla; luego se volvió hacia mí y dejó descansar sus manos sobre mi brazo.

—¡Oh, Nick, cuánto me alegro de estar a tu lado! —dijo.

Su voz era normal y comprendí que había recuperado el dominio de sus nervios.

Encendí un cigarrillo y le ofrecí el paquete.

—Hemos recorrido buena cantidad de kilómetros —dije—. De modo que ya no hay razón para que sigas temiendo.

—No, ahora me siento bien —dijo—. Tenía tanto miedo... Nick, quería huir. No deseo regresar. Prométeme que no volveremos mas.

—Puedes estar tranquila. Los hemos derrotado. Ya no hay peligro alguno. Hemos denunciado todo el caso a la Oficina Federal y...

Se agarró con fuerza a mi brazo.

—¿Todo el caso? —nuevamente le tembló la voz—. ¿Y tú también apareces complicado en él?

—Cálmate —dije—. Ni se mencionará mi nombre. Ackie se hace cargo de todo. Tú y yo quedamos fuera del asunto.

Suspiró hondamente.

—Comprendo —dijo.

—Quiero saber qué pasó en la residencia de Kennedy —dije.

—¿Qué ocurrió? ¿Cómo qué ocurrió?

Me volví un poco hacia ella.

—¿Dónde estabas? Regresé a la residencia y no te encontré.

Mardi se estremeció.

—Yo... tuve miedo y escapé.

—¿Por qué tuviste miedo, querida? ¿Qué te hizo huir?

—No quiero hablar de eso, Nick. ¿Podemos seguir el viaje?

La cogí entre mis brazos y le hice volver el rostro.

—Discúlpame, querida —dije—, pero se trata de algo muy grave. Cuando regresé a la residencia tú no estabas y encontré el cadáver de Blondie.

Sentí que su cuerpo se ponía tenso.

—¿Muerta? ¿Quieres decir que alguien la mató?

—Sí..., alguien la mató.

Mardi comenzó a llorar suavemente.

—¡Oh, Nick! Blondie vino a prevenirme. Me dijo que se preparaban para apresarme. Sentí tanto miedo que huí hacia el bosque y la dejé allí. Me dijo que Spencer había ordenado a Katz eliminarnos. Spencer cree que sabemos demasiado, y Katz iba camino de la residencia.

—Pero Spencer no sabía que nos alojábamos en la casa de Kennedy.

—Lo sabe todo —insistió Mardi—. Te digo que lo sabe todo.

La atraje hacia mí.

—Bueno —comenté—, no le servirá de mucho. Cuando los federales empiecen a apretarle, ese tipo lo pasará mal. Oye, nena: lo mejor será que nos quedemos en este pueblo hasta que liquiden a toda la banda y podamos regresar tranquilos.

—No sé —dijo Mardi—. Ahora no puedo pensar con claridad. Cuéntame sobre la mujer... ¿Qué pasó, Nick? ¿Avisaste a la policía?

Comprendí que no se calmaría hasta que le relatara todo lo ocurrido. Le esbocé un resumen de los acontecimientos de la noche, excluyendo los detalles demasiado macabros. Le expliqué cómo había regresado a la residencia, y que al no encontrarla había temido lo peor; el descubrimiento de Blondie y el traslado. Finalmente, los incidentes posteriores, hasta nuestro encuentro. Permaneció inmóvil, atenta a mis palabras, sin formular comentario alguno.

—Eso es todo, querida —dije—. No debes llorar. Quizá vino para prevenirte, pero tarde o temprano habría muerto como murió. Blondie era una mujer del bajo fondo, y no debes llorar por ella.

—¿Por qué lo habrá hecho, Nick? —preguntó Mardi—. ¿Qué necesidad tenía de arriesgar su vida... por mí?

Me incliné hacia delante y puse en marcha el motor.

—No tengo la menor idea —repliqué—. Nunca hubiera creído que haría una cosa semejante.

A medida que el coche cobraba velocidad, se me ocurrió otra idea.

—¿Cómo sabías que iría a buscarte a casa de Sara Spencer? —pregunté.

—Debía correr el riesgo... No sabía si irías allí, pero no me quedaba otra posibilidad. Se me ocurrió que si llegabas a la residencia y no me encontrabas, irías a la casa de Spencer.

—Muy inteligente de tu parte, nena —dije con admiración—. Muy hábil.

Guardamos silencio durante el resto del trayecto. Sabía que Mardi se mantenía en tensión. Imaginé que la impresión producida por la noticia de la muerte de Blondie la había sacudido hondamente. Me alegré cuando entramos en Plattsville y encontramos un hotelito con habitaciones disponibles.

El hombre que atendía el mostrador parecía tres cuartas partes dormido, pero la cuarta parte despierta fue suficiente para indicarnos el camino de una habitación y para conseguirme un poco de bebida. Cuando nos quedamos solos, bebí con más ansia de como lo había hecho en mucho tiempo. Mardi se hundió en la amplia cama, rendida de fatiga.

La miré y comprendí que estaba en el límite de su resistencia.

—Acuéstate inmediatamente y duerme. Voy a telefonear a Ackie. Vamos, querida, desnúdate.

Levantó la cabeza.

—No te preocupes, Nick. Ve a hablar por teléfono. Sabré arreglarme sola. Ganarás tiempo si bajas inmediatamente.

Tenía razón, de modo que bajé al vestíbulo y establecí la comunicación con el cuarto de periodistas del Apartamento de policía. Ackie desbordaba de noticias. Ni siquiera me dio oportunidad de decirle dónde me encontraba. Habló sin parar durante un buen rato.

—¡Infiernos! ¡No has visto nada igual desde el incendio de San Francisco! —exclamó—. Tienes que venir cuanto antes. La cosa está que arde. Fui a la Oficina Federal y conté todo. Al principio creyeron que yo estaba un poco bebido. Pero como me conocen, resolvieron acudir a la comisaría y conversar un poco con Katz. ¡Bueno! El sargento ya lo había trabajado un poco. Katz no ofreció resistencia. Abrió la boca y empezó a hablar y siguió hablando. El tipo hablaba tan rápidamente que los policías no tenían tiempo de anotarlo todo. Entonces decidieron llevárselo. Creo que nadie anticipó lo que se avecinaba, excepto yo, pero decidí que no valía la pena preocuparse. Prudentemente, permanecí dentro de la comisaría. Quería un buen artículo, y por Dios que lo iba a conseguir. Apenas Katz y los policías habían puesto el pie en la calle cuando dos tipos con sus respectivas Thompson abrieron fuego. Katz recibió una carga completa en el vientre, y también cayó uno de los policías. Contestaron los federales, y hubo una batalla campal. Yo, desde el teléfono, transmití la crónica que dentro de dos horas estará en la calle. Te aseguro que fueron cinco minutos extraordinarios. Y la agresión hizo el milagro. La Oficina Federal se enfureció, y realizaron una batida en casa de Spencer, en la Mackenzie Fabrics y en el muelle de Wensdy, todo al mismo tiempo. Los atraparon a todos: Spencer, Gus, el amigo de Gus y otros cuantos tipos más. Reunieron pruebas suficientes para condenarlos a varios siglos de prisión.

—Magnífico trabajo —comenté—. ¿Conseguiste dejarme fuera de todo el asunto?

—Sí..., no te mencioné, tal como me pediste. Oye, Nick: me alegro de que Katz haya recibido lo suyo. Si no hubiera muerto, te habría acusado del asesinato de Blondie. Tenía un miedo horrible de que hablara de eso, pero no dijo nada. Quizá sus propias preocupaciones no le dieron tiempo para pensar.

Sentí un desagradable escalofrío. Había olvidado eso. Katz podría haberme perjudicado.

—Muy bien, Ackie —dije—. Me voy a dormir. Escucha: encontré a Mardi, y pensamos retirarnos algún tiempo, hasta que termine el juicio. No quiero que la mezclen en el caso.

—De acuerdo —convino Ackie—. Dale mis recuerdos y cuídala, vagabundo. Es una gran muchacha.

—Lo mismo pienso —dije—. Adiós, Ackie.

Subí a nuestro dormitorio. Mardi estaba sentada en la cama, esperándome. Me llamó la atención la intensidad de su mirada. Sin embargo, no hice ningún comentario, y comencé a desnudarme.

—Hablé con Ackie —dije, mientras me desabotonaba la camisa—. Está muy excitado. Spencer ha sido detenido. Todos cayeron en la redada, y no hay por qué preocuparse más.

—¿Lee Curtis también fue detenido? —preguntó Mardi.

Me detuve y la miré.

—¿Lee Curtis? ¿Por qué me preguntas especialmente por Curtis?

Me miró de un modo extraño y movió la cabeza.

—Sólo quería saberlo.

Mardi me estaba ocultando algo, pero no quise apremiarla.

—Ackie no mencionó a Curtis, pero supongo que también se están ocupando de él.

—¡Oh! —dijo con voz inexpresiva, y se miró cuidadosamente las uñas.

Me senté sobre el borde de la cama. Estaba empezando a sentirme como el diablo, pero no podía irme a la cama sin haber aclarado la cuestión.

—Dime, nena —dije suavemente.

Levantó la vista y me miró; sus ojos eran enormes y salvajes.

—Nick, ¿me amas? ¿Me amas realmente? ¿No sólo por hoy o mañana, sino para siempre?

Dejé descansar mi mano sobre la de Mardi.

—Eres todo para mí, Mardi —repliqué, y lo decía sinceramente.

—¿Harías un gran sacrificio por mí? ¿Algo que demostraría tu verdadero amor?

—Naturalmente. ¿De qué se trata?

—Quiero que tú y yo nos vayamos. Que nunca regresemos a este Estado. Que nos alejemos y comencemos de nuevo... ¿Tú harías eso?

—¿Para no regresar nunca? —pregunté.

—Sí.

—Pero, Mardi, necesitamos vivir. Aquí tengo todas mis relaciones. He vivido siempre en esta región y en esta ciudad. Aquí soy conocido. Nos mantendremos apartados mientras dure la investigación y el juicio. Pero luego debo ganarme el pan, y aquí es donde puedo hacerlo.

—El dinero no interesa, Nick. Tengo bastante —extrajo un sobre de entre las sábanas y lo puso en mis manos—. Mira, es para ti.

Abrí el sobre y apareció un fajo de bonos al portador. Había valores por veinte mil dólares. Aparté los bonos y la miré con asombro.

—Son míos —dijo ansiosamente—. Son para los dos... Con esto podemos irnos y empezar en cualquier otra parte.

—Pero, Mardi —objeté—, esto es mucho dinero. ¿Cómo lo conseguiste?

—En la Mackenzie Fabrics —replicó—. Ahorré y a veces me enteraba de buenos datos. Spencer me hacía algunas indicaciones.

—Comprendo.

Se echó a llorar.

—Di que aceptarás el dinero y que te marcharás conmigo, Nick. Por favor...

—¿Por qué no dejamos esto para mañana? —propuse—. Podremos examinar la cosa con más calma.

—No —dijo con fiereza—. Debemos resolverlo ahora. No podría dormir. Debo saber a qué atenerme. Es muy importante.

—¿Por qué, Mardi? ¿Por qué quieres esconderte?

—Nick, si volvemos me perderás —dijo, echándose a llorar violentamente—. No puedo decirte por qué, pero siento que así ocurrirá. Debes responderme ahora.

Puesto que lo único que me importaba era su felicidad y sabía que me amaba tanto como yo a ella, le di mi promesa.

—¿Me das tu palabra? —inquirió.

—Sí —dije—. Tomaremos el coche y nos iremos a la costa. Alquilaremos una casita cerca del mar, con un jardín, y estaremos solos.

—¿Serás feliz?

—Claro que sí. Ya encontraré trabajo.

De pronto, se me ocurrió que la idea era maravillosa. Teníamos dinero, íbamos a la tierra del sol y nos amábamos.

20

Encontramos una casa a pocas millas de Santa Mónica. Era pequeña, pero hermosa, del tipo de fin de semana de las estrellas cinematográficas. Apenas la vimos nos gustó. El jardín llegaba hasta el mar. Cuando deseábamos bañarnos, nos limitábamos a abrir una puerta y ya estábamos en la playa.

La casa tenía dos dormitorios y un gran vestíbulo. Estaba rodeada de árboles frondosos, de modo que apenas se la veía desde el camino. El alquiler era alto, pero no lo pensamos dos veces.

Fue un placer amueblar y arreglar la casa. Nos llevó una semana entera e hicimos todo el trabajo sin ayuda ajena. Cuando concluimos estábamos mortalmente fatigados.

Íbamos con frecuencia al mar. A los pocos días, Mardi parecía otra persona. Desapareció la mirada tensa y nerviosa que había comenzado a preocuparme y su piel adquirió un hermoso tono bronceado. Éramos felices. Creo que nunca me sentí tan feliz como entonces.

Todas las mañanas nos bañábamos en el mar. Era una felicidad nadar en las aguas azules, absolutamente solos. Mardi usaba un traje de baño blanco, que realzaba su figura..., lo cual ya es decir. Nunca se cubría los cabellos, y nadábamos, corríamos y jugábamos sin pensar en el resto del mundo.

Cuando habían pasado dos semanas desde nuestra instalación, Mardi me dijo:

—Nick, deberías comenzar a trabajar.

Yo acababa de salir del mar, y me había tendido sobre la arena, demasiado perezoso para secarme.

—De acuerdo —dije—. Empezaré a buscar. Sin duda conseguiré algo.

Mardi se inclinó sobre mí, con las rodillas y los muslos hundidos en la arena y los brazos cruzados sobre el vientre.

—Nick —continuó—. Estuve pensando. ¿Por qué no escribes un libro?

La miré, asombrado.

—¿Que escriba un libro? —pregunté—. Demonios..., no sabría escribir un libro.

Movió la cabeza.

—Nunca lo intentaste —observó; lo cual era cierto—. Mira cómo se venden ciertas novelas. ¿Por qué no pruebas, como un experimento?

—Sí, pero mira también cómo no se venden muchas. No creo que sea una cosa tan fácil.

—Podrías escribir una novela sobre la vida de un periodista. ¿No crees tú que te sería fácil?

Era una idea. Me senté sobre la arena y reflexioné. Ackie había pasado por experiencias suficientes para llenar tres libros, y también yo sabía algo. Mardi comprendió que la idea me gustaba, y comenzó a excitarse.

—¡Oh, Nick! Sería extraordinario si lo lograras. En ese caso, no necesitarías abandonarme... Yo podría preparar las comidas y remendarte los calcetines mientras tú trabajabas...

—No creo que sea muy divertido para ti —observé, pero ella se incorporó rápidamente.

—Piénsalo, Nick —me urgió—. Vuelvo a casa a preparar el desayuno. Te llamaré cuando esté listo.

Por supuesto, pensé en la proposición de Mardi, y cuanto más pensaba, más me gustaba. Al poco rato ya estaba deseando empezar. Regresé a casa, engullí mi desayuno y me puse a trabajar. Me llevó toda la mañana el esbozo general del libro, y cuando concluí tenía la sensación de haber hecho algo bastante bueno.

Fui a buscar a Mardi, que estaba en la cocina, y le leí el resumen del argumento. Me escuchó con los ojos brillantes de excitación y se manifestó tan entusiasmada como yo.

—Muy bien, querida —dije cuando terminé de leer—. Ahora debo conseguir una máquina de escribir y ponerme al trabajo.

Dos meses después había completado el libro. De no haber sido por Mardi, jamás habría sido escrito. Perdí la paciencia cuando estaba por la mitad, pero Mardi insistió para que lo concluyera. Se mostraba tan entusiasmada que no tuve el valor de desilusionarla. Cuando concluí y lo leí de un tirón, comprendí que el trabajo era bueno. No sería una sensación ni cosa que se le pareciera, pero era bastante bueno.

—Éste es sólo el comienzo —dijo Mardi—. Escribirás cada vez más y serás famoso.

—No te hagas demasiadas ilusiones —dije—. Es muy posible que vuelva con el habitual formulario que se reserva para las obras rechazadas.

Mardi tenía fe. Y no me devolvieron la obra. Un par de meses después llegó una carta de los editores neoyorquinos, en la que me decían que el libro les interesaba, y me invitaban a visitarlos.

No esperaba una reacción tan inmediata. Precisamente entonces estábamos pintando la fachada de la casa. Mardi insistió en que fuera inmediatamente, asegurándome que ella concluiría el trabajo. Sabía que podía arreglarse perfectamente. Nadie nos había mencionado durante el proceso, y todo se había arreglado. Spencer y su banda habían recibido condenas bastante severas, y aunque durante algún tiempo Mardi se había sentido muy nerviosa, ahora estaba perfectamente.

De modo que tomé el tren y la dejé sola. Los editores se mostraron muy amables conmigo, me dieron un buen adelanto y me propusieron un contrato por dos libros más. No quería perder tiempo en Nueva York. Una vez que estuvo firmado el contrato, tomé un taxi y me hice llevar a la Estación Central. Allí comprobé que debía esperar dos horas antes de que llegara mi tren. Entré al bar de la estación para beber algo antes de salir a andar un rato. Parado frente al mostrador del bar se hallaba el coronel Kennedy.

—Bueno, esto es una verdadera sorpresa —dijo Kennedy.

Le estreché la mano.

—Tiene razón —confirmé—. Coronel, me alegro de encontrarlo. Tengo que agradecerle muchas cosas.

Pedimos nuevas bebidas y nos sentamos frente a una de las mesas.

—¿Qué estuvo haciendo estos últimos tiempos? —preguntó Kennedy.

—Ahora vivo en Santa Mónica, con mi esposa —expliqué—. Coronel, nunca tuve ocasión de agradecerle como correspondía por haberme facilitado su residencia para pasar mi luna de miel.

—Está bien, Nick —dijo, sonriendo—. Me alegro de haber podido ayudarle. ¿Por qué vive tan lejos? Me gustaría conocer a su esposa.

—Eso es fácil. ¿Qué está haciendo ahora? ¿Le gustaría pasar una o dos semanas en mi casa? Nos alegraríamos mucho de tenerle con nosotros.

Movió la cabeza.

—Lo siento, pero es imposible. Estoy obligado por una serie de compromisos.

—¿Siempre con complicaciones femeninas, coronel? —pregunté.

Asintió.

—Sí; me temo que ése sea el problema.

Dirigí la vista al reloj.

—Todavía faltan casi dos horas antes de la partida de mi tren. ¿Almorzamos juntos?

—De acuerdo.

Ahora que había encontrado nuevamente al coronel Kennedy, experimenté el vehemente deseo de aclarar ciertos aspectos oscuros del caso Spencer. Nos sentamos en un pequeño restaurante, no lejos de la estación, y encargamos el almuerzo. Después, orienté la conversación en el sentido que me interesaba.

—Coronel —dije—, ¿recuerda el caso de la Mackenzie Fabrics?

Me miró y asintió. No podía estar seguro, pero me pareció que el tema no le agradaba particularmente.

—Sí, lo recuerdo... Causó verdadera sensación.

—Sí —dije—; yo estaba metido hasta el cuello en ese asunto.

—¿Es posible?

—Sí. Me gustaría relatarle el caso, porque creo que usted puede llenar algunos huecos.

Movió la cabeza.

—Realmente, no sé nada de eso —protestó.

—Un momento, coronel —dije—. Quizá yo pueda avivar sus recuerdos.

Le relaté detalladamente todo el caso, y me escuchó en silencio, olvidado por completo de su almuerzo. Cuando concluí con la muerte de Blondie, y mi huida con Mardi a Santa Mónica, se recostó sobre el respaldo de la silla y silbó por lo bajo.

—Que me cuelguen —dijo—. Es una historia hecha y derecha. Pero no veo dónde entro yo, a pesar de todo.

—¿Recuerda el día en que los periodistas fueron a su casa y usted estaba con una amiga?

Frunció el ceño.

—No quiero volver a ese tema —dijo bruscamente.

—Su amiga y la mujer del teléfono eran la misma persona —le expliqué—. Quiero saber quién era ella.

Movió la cabeza.

—Se trata de un error.

—Le hablo claro, coronel. Oí la voz, y eso fue suficiente. Reconocería esa voz entre mil.

—No puedo continuar discutiendo esto, Nick. Discúlpeme.

—Escuche, coronel. Tengo derecho a saberlo. Esa mujer pudo haberme creado mil dificultades. El juicio ha concluido, y el caso está olvidado. Usted sabe bien que no utilizaré la información que me facilite. Se trata simplemente de que mi ignorancia constituye..., digamos, un final insatisfactorio.

Pareció reflexionar durante algunos instantes.

—Quizá esté en su derecho —dijo con una ligera sonrisa—. No se lo diría a ningún otro hombre, pero usted ha hecho mucho por mí.

Estaba tratando de aplacar su propia conciencia, pero eso no me preocupaba.

—Gracias, coronel. Puede confiar en mi discreción.

—En realidad, debo decirle que no sé el nombre de la muchacha. Vino a verme en representación de un individuo llamado Lee Curtis. El hombre estaba asociado a la Mackenzie Fabrics y yo acababa de anunciar mi deseo de vender mi paquete de acciones. Esta muchacha estaba autorizada por Curtis para hacerme una oferta. Era una mujer encantadora, y la invité a que discutiéramos el negocio mientras cenábamos. Sentía curiosidad de saber por qué Curtis, secretario de la empresa, deseaba apoderarse de un considerable paquete de acciones.

—¿A cuánto ascendía el valor de esos papeles? —pregunté.

—No lo recuerdo exactamente —dijo Kennedy—. Creo que era cosa de diez mil dólares. De todos modos, cenamos juntos. La joven rehusó firmemente decirme su nombre, pero insistía en comprarme las acciones. Me dio algunas explicaciones que no me convencieron, pero al fin decidí acceder. Curtis ofrecía un elevado porcentaje sobre el valor nominal, por lo que me pareció un buen negocio.

—Es decir, ¿que usted ignora aún hoy quién era? —pregunté, desilusionado.

—Así es; lo ignoro. El resto de la historia no me enaltece mucho, pero se lo contaré de todos modos. Una vez concluido el negocio, y cuando ya me había dado el cheque de Curtis, creí llegado el momento de estrechar relaciones. Ya le dije que era una mujer extraordinariamente bella.

—Sí...; recuerdo que usted dijo eso —confirmé.

—Bueno, parece que perdió la cabeza y desenfundó una pistola. Jamás en mi vida me sentí tan confundido. Traté de quitarle el condenado artefacto, y se disparó una bala. Usted conoce el resto de la historia.

—Sea como fuere, no he adelantado nada —comenté—. Esperaba aclarar la identidad de esa mujer.

Kennedy dirigió la vista al reloj.

—Conviene que salgamos si no quiere perder su tren —dijo.

Llamé al mozo y pedí la cuenta.

—Pagaré yo —se apresuró a decir Kennedy.

—No, coronel —repliqué—. Acabo de vender un libro. Además, es una buena experiencia pagarle el almuerzo a quien tiene tanto dinero como usted.

Kennedy se echó a reír.

—Veo que ha sentado la cabeza, Mason. Pero no debe esconder a su esposa. Tráigala a la ciudad de cuando en cuando. Así tendré oportunidad de conocerla.

Extraje mi cartera y retiré un billete de diez dólares, que entregué al mozo. Entre mis papeles se hallaba una fotografía de Mardi, y se la mostré al coronel Kennedy.

—Ésta es mi esposa, Kennedy... Cuando la conozca comprobará que es una gran muchacha.

El mozo me entregó el cambio y le dejé un dólar de propina. Luego me volví hacia Kennedy. Estaba mirándome, el rostro muy pálido y los ojos duros como granito.

Señaló la fotografía de Mardi.

—Si usted la conocía, ¿por qué me preguntó?

Desconcertado, le miré durante un minuto entero. Finalmente, dije:

—Ésa es mi esposa, coronel... No sé de qué me está hablando.

—Ésta es la mujer que Curtis envió para gestionar la compra de las acciones.

Me retiré unos centímetros de la mesa, profundamente desasosegado.

—Es un error —insistí—. Ésta es Mardi..., mi esposa.

Kennedy recogió nuevamente la fotografía y la examinó atentamente. Mientras lo miraba, mi corazón latía como un martillo pilón. Finalmente, levanté la vista.

—¿Qué era su esposa antes de casarse, Nick? —preguntó.

—La secretaria de Spencer —contesté, mientras experimentaba el súbito y horrible sentimiento de lo inevitable.

Kennedy empujó la fotografía hacia mí.

—Concuerda, ¿no le parece? —dijo con voz tranquila—. No hay duda alguna, Nick.

Me sentía incapaz de coordinar mis pensamientos. Kennedy no era de la clase de hombres que cometen ese tipo de errores.

—Pero esto es absurdo —dije con voz insegura.

Kennedy se puso en pie.

—Dejemos las cosas como están, Nick. Debo marcharme. Espero que volvamos a vernos.

Durante un instante dejó su mano sobre mi hombro y luego salió del restaurante. Recogí la fotografía y la guardé en mi cartera. No podía pensar. No quería pensar. Me paré, fui hasta el perchero y lentamente me puse el abrigo y el sombrero. Los mozos me miraron con expresión de curiosidad, pero nada me importaba. Salí a la calle.

El tren para Santa Mónica ya estaba en la estación, y ocupé mi asiento. Dirigí la vista a través de la ventanilla, pero no veía nada, y aunque el día estaba templado, sentía frío.

El tren comenzó a deslizarse sobre las vías, salió de la estación y comenzó a acercarme a Santa Mónica... y a algo con lo que temía enfrentarme.

21

Cuando llegué a Santa Mónica había logrado recuperar el dominio de mis nervios. La explicación debía de ser simple: Kennedy había cometido un grave error o Curtis había obligado a Mardi a servir de instrumento de sus planes. En cualquier caso, no pensaba permitir que nada se interpusiera entre Mardi y yo. Mardi era mi esposa. Hablaría con ella y me diría la verdad. Y esa verdad —de ello estaba seguro —no sería una realidad intolerable.

Tomé un taxi desde la estación de Santa Mónica. Deseaba volver a casa inmediatamente. Al fin, el vehículo se detuvo frente a la verja de nuestro jardín. Mardi no se hallaba entre los árboles. Caminé por el sendero y se apoderó de mí un mal presentimiento. Me dije que todo marcharía perfectamente, pero en el fondo de mi ser sabía que el edificio que había construido se estaba derrumbando ya. Entré en el salón. Del perchero colgaban un impermeable y un sombrero que no eran míos. Y allí estaban, esperándome.

Al principio no le reconocí. Era un individuo alto, de abundante pelo ondulado, piel bronceada y ojos azules. Sí, era Lee Curtis. Permanecí inmóvil, mientras me zumbaban los oídos. Miré a Mardi. Permanecía inmóvil, hundida en un sillón. Estaba muy pálida y alrededor de los ojos tenía profundas ojeras. Ni siquiera me miró.

—Estaba esperándole —dijo Curtis.

No atiné a decir palabra.

—Vine hace cuatro días —explicó—. Hemos vivido juntos.

Algo se agitó dentro de mí, pero aun así no pude decir nada. Me miró pensativo, luego se rascó suavemente el mentón.

—Cálmese —dijo—. No tiene sentido ponerse nervioso.

—Estoy contigo, como siempre —dije—. Pero debo saber la verdad.

No levantó la vista. Como si yo no hubiera dicho una palabra.

—Hace mucho que deseaba llegar a esto —dijo Curtís—. Ahora los tengo donde deseaba tenerlos.

Volví la cabeza y le miré. Algo debió de leer en mi expresión, porque extrajo una pistola del bolsillo trasero del pantalón.

—Calma —dijo—. No quiero lastimar a nadie, pero no pienso correr riesgos.

—Hable, entonces —gruñí—. Y después, lárguese.

—Es un cuento largo —dijo—. Le conviene sentarse y escuchar.

No me moví.

—Hace un par de años —empezó— entré en la Mackenzie Fabrics Corporation para ocupar el puesto de secretario. Mardi trabajaba para Spencer... y era también la amante de Spencer, detalle que, sin duda, usted ignoraba —se interrumpió para encender un cigarrillo, sin quitarme los ojos de encima—. Pronto comprendí que la empresa servía de pantalla a negocios de carácter muy distinto, y, finalmente, Spencer me concedió su confianza. La organización era grande..., muy grande, pero lo que yo sacaba de ella era muy poco. En la misma situación se encontraba Mardi. De modo que unimos nuestras fuerzas. Llegamos a la conclusión de que si podíamos lograr que condenaran a Spencer por el asesinato de Richmond, aumentarían mis posibilidades de ocupar el puesto vacante y, por tanto, nuestras ganancias. Decidimos que usted era la persona indicada para investigar y llevar el caso ante la Justicia. Mardi se encargó de llamarle por teléfono..., y debo reconocer que disfrazó muy bien su voz. Ya no vivía con Spencer..., sino conmigo.

—Ya puede acabar con su charla —dije—. No quiero oír nada más. ¡Salga de aquí!

—Pero ¡si todavía no ha escuchado lo principal! —dijo Curtis, sonriendo—. Eso fue sólo el principio. Mardi es una chica romántica y buena..., y me parece que se enamoró de usted. Luego trató de traicionar a Spencer, quien la despidió inmediatamente. Decidí seguirla de cerca, porque temía que me traicionara, como había hecho con Spencer. Después de que Mardi se casara con usted, apareció Blondie. Blondie quería sacarle dinero, e intentó un chantaje. Usted se fue a la ciudad y dejó a su amiguita sola. Blondie había estado espiando, y acudió a la casa apenas supo que Mardi estaba sola. Pero no sabía con quién se metía. Mardi la mató. ¿Me oye, muchacho inteligente? Mardi la mató. Ahora comprenderá por qué no quería quedarse en la ciudad y por qué le obligó a cruzar todo el país y a instalarse en la costa del Pacífico. No le bastó asesinar, sino que además hubo de traicionarme. Apenas comprobó que Blondie estaba muerta, vino a mi casa y retiró veinte mil dólares en bonos al portador. Ya le expliqué que Mardi había vivido conmigo, ¿no? Bueno, eso explica por qué conocía la combinación de la caja fuerte y por qué tenía la llave de mi apartamento. Por consiguiente, se apoderó de todo lo que yo poseía y escapó con usted. Los federales me anduvieron cerca, pero conseguí escapar. La he buscado durante meses, y la descubrí poco después que usted se marchara a Nueva York. Bien; creo que ha llegado el momento de que pague su traición.

—Mardi, no te preocupes —dije—. Estoy contigo.

Se cubrió los ojos con las manos y se estremeció.

Curtis arrojó el cigarrillo y lo aplastó sobre el piso.

—De modo que está con ella, ¿eh? —repitió burlonamente—. ¿Cree que podrá vivir con una dama que resuelve sus problemas por medio del asesinato? ¡Vamos! ¡Cuando reflexione un poco, no querrá ni verla!

—Ahora que ha terminado —dije—, ¡váyase!

—¿Quién dijo que he terminado? —preguntó Curtis, frunciendo el ceño—. ¡Qué risa! Escuche, estúpido: quiero dinero. Sé lo suficiente como para mandarla a la muerte. Muy bien; de aquí en adelante, no pienso trabajar. Viviré a costa de ustedes. Me darán mucho dinero, y cuando lo haya gastado, volveré y ustedes me darán más. Así que ya pueden ir pensando en la manera de ganarlo.

No respondí. Comprendí que aquel hombre nos tenía atrapados. Ya no habría más felicidad. Dependeríamos de Curtis hasta que él muriera. Mi cerebro se aferró a la idea. *Hasta que él muriera.* Le miré reflexivamente. Uno contra dos. La vida de uno, la infelicidad de dos. No tenía sentido. Me sentí ligeramente descompuesto, pero no había otra salida...; debía matarle.

—¿Cuánto quiere? —pregunté.

—¿Cuánto tienen?

Miró a Mardi y luego a mí. Comprendí que estaba jugando con nosotros.

—Cincuenta dólares semanales —dije, por decir algo.

Sabía que él ya había pensado una cifra y deseaba terminar cuanto antes.

Se echó a reír.

—Quiero quince mil dólares inmediatamente, y cien dólares semanales hasta que me canse de recibirlos.

Le miré con odio.

—Está loco —dije—. No tenemos quince mil dólares.

Se encogió de hombros.

—Tenían veinte mil dólares que me pertenecen. Ya han gastado la mitad. Pueden transferir la casa y vender los muebles. Ella tiene algunas joyas. Sí, creo que pueden reunir esa suma.

—De modo que quiere arruinarnos.

—Eso mismo... ¿No lo vale ella?

Me dirigí hacia la ventana y contemplé el paisaje.

—Los federales pagarían por saber dónde está usted —observé—. ¿Qué ocurriría si les facilitásemos la información?

—No sea chiquillo —dijo acremente—. Caería Mardi conmigo..., y llevaría la peor parte.

Todo aquello era pura pérdida de tiempo. De algún modo debía apoderarme de su pistola y matarlo. Me sorprendió la calma con que encaraba la cuestión. Una vez que tomé mi decisión, concentré mi atención sobre la faz práctica del problema.

—Bueno, si de eso se trata —dije—, no habrá otra alternativa que aceptar. Ahora no puedo darle el dinero.

—Fírmeme un cheque por diez mil dólares. Por el momento es suficiente... Dentro de un mes volveré a buscar el resto.

Adopté una expresión de profunda depresión, pero me mantuve alerta. Me aparté de la ventana y me dirigí hacia el escritorio. Curtis se había sentado sobre el borde de la mesa. Apoyé las manos sobre el otro extremo del mueble y adopté una actitud de ruego.

—Escuche, Curtis —dije—: Denos una oportunidad..., ¿quiere? Llévese los diez mil dólares y acabemos.

Se echó a reír. Durante una fracción de segundo apartó los ojos de mí, y entonces entré en acción. Agarré la mesa con ambas manos y la levanté con todas mis fuerzas. Fue fácil. Cayó pesadamente al suelo. El arma voló un par de metros más allá. Volqué la mesa sobre el cuerpo de Curtis y apoyé todo mi peso para inmovilizarlo.

—Toma esa pistola rápidamente —ordené a Mardi.

Mardi se acercó y recogió el arma.

—Dámela —pedí.

Se volvió y me miró. Leyó en mis ojos lo que pensaba hacer. En lugar de entregarme la pistola se alejó varios pasos.

—Querida, dame la pistola —insistí con desesperación.

—No; no quiero que le mates —exclamó con voz apasionada—. No quiero que mates a nadie.

—Por Dios..., ¿no comprendes? Es lo único que podemos hacer. Debemos eliminarle. Si esta rata vive, estamos acabados... Dame el arma.

Mientras tanto, Curtis yacía de espaldas. Tenía los ojos desmesuradamente abiertos y la piel de un tinte verdoso.

—Nick... —dijo Mardi—. No quería matarla. Pero esa mujer se proponía destruir lo único decente que había hecho en mi vida. Nuestro amor. Debí de estar loca para proceder así, pero me dominó el terror de pensar que podía perderte. Quise olvidar, pero siempre me persigue...

—Dejemos eso, Mardi. Dame la pistola.

—Traté de salvar nuestro amor matando..., y de nada sirvió. Ahora quieres hacer lo mismo. Nunca más podremos mirarnos a la cara. Déjalo ir.

Tenía razón. Retiré la mesa y me aparté. Curtis se puso en pie, el rostro deformado por el miedo y el odio.

—Espera aquí —dijo Mardi—. Te traeré el cheque.

Di la espalda a Curtis. No quería verle. Mardi me rozó la mano al pasar.

—Todo marchará bien, Nick —dijo—, si todavía me quieres.

Me volví, pero ya había salido de la habitación y entrado a su dormitorio, donde guardaba su libreta de cheques.

—¡Por Dios! —dijo Curtis—. Si intentan nuevos trucos...

Desde el dormitorio de Mardi llegó el estampido de un disparo. La detonación nos impulsó a correr hacia el cuarto vecino. Luego, nos detuvimos y nos miramos.

Curtis se pasó la lengua por los labios.

—Me ha traicionado nuevamente —dijo. Vaciló un instante, y al fin se decidió a entrar al dormitorio. No me moví. Desde donde me encontraba le vi examinar el cuarto vecino. Advertí que se estremecía involuntariamente. Luego se volvió y regresó a la sala. No me miró. Se detuvo unos instantes, pensativo. Luego se dirigió hacia la salida y se alejó por el camino de grava.

Cuando su figura desapareció, salí al jardín. Bajé al mar y contemplé las filas de olas azules. No quería ver a Mardi como estaba ahora. Quería recordarla como la había conocido. Deseaba verla como siempre había sido. No podía llorar por ella, porque en mi interior todo se había secado.

Un gran albatros voló sobre mi cabeza y describió círculos en torno a mi figura. Luego, como sobresaltado por mi inmovilidad, cobró altura y se alejó velozmente, como un espíritu fugitivo, en dirección al mar.

Este libro se terminó de
imprimir en los talleres gráficos
de Liberdúplex, S. L., Barcelona, España,
en el mes de julio de 2004